A MAP of NARNIA and adjoining LANDS

LANTERN WASTE

Miraz his Castle
Beaversdam

WILD

GREAT NARNIA RIVER

Aslan's How

Dancing Lawn

Trufflehunter's Cave

Bulgy Bears' Home

ARCHENLAND

ANDS of the NORTH

BERUNA

Cair Paravel

GLASSWATER

纳尼亚传奇
The Chronicles of NARNIA

II

狮子，女巫和魔衣柜

〔英〕C.S.刘易斯 著

马爱农 译

人民文学出版社

图书在版编目（CIP）数据

纳尼亚传奇 . 2，狮子，女巫和魔衣柜 /（英）C.S. 刘易斯著；马爱农译 . —— 北京：人民文学出版社，2023（2025.6重印）
ISBN 978-7-02-018280-0

Ⅰ . ①纳… Ⅱ . ① C… ②马… Ⅲ . ①儿童小说－长篇小说－英国－现代 Ⅳ . ① I561.84

中国国家版本馆 CIP 数据核字 (2023) 第 186708 号

责任编辑　翟　灿
装帧设计　刘　远
责任印制　王重艺

主要角色表

彼得·佩文西　　佩文西家长子,在我们的世界是个学生,在纳尼亚王国被称为威武的彼得国王和至尊王

苏珊·佩文西　　佩文西家长女,在我们的世界是个学生,在纳尼亚王国被称为仁慈的苏珊女王

埃德蒙·佩文西　佩文西家次子,在我们的世界是个学生,在纳尼亚王国被称为正义的埃德蒙国王

露西·佩文西　　佩文西家次女,在我们的世界是个学生,在纳尼亚王国被称为勇敢的露西女王

塔姆努斯	纳尼亚王国的半羊人,露西通过魔衣柜进入纳尼亚时,遇到的第一个人就是塔姆努斯
白女巫	纳尼亚王国的邪恶女王,即《魔法师的外甥》中的女巫佳蒂丝
柯克教授	即《魔法师的外甥》中的外甥迪戈里,长大后成为教授,放有魔衣柜的老房子就是他继承的安德鲁舅舅家的老宅
阿斯兰	一头伟大的狮子。森林之王,海外帝王之子,来去自由。他的使命是推翻女巫的统治,拯救纳尼亚王国。阿斯兰在七部书中均有出现

目 录

第 1 章　露西往衣柜里看 ········ 1
第 2 章　露西发现了什么 ········ 9
第 3 章　埃德蒙和衣柜 ········ 21
第 4 章　土耳其软糖 ········ 30
第 5 章　回到门的这一边 ········ 41
第 6 章　进入树林 ········ 51
第 7 章　与河狸在一起的日子 ········ 62
第 8 章　晚饭后发生的事情 ········ 74
第 9 章　在女巫的宫殿 ········ 87
第10章　咒语开始打破 ········ 98

第11章 阿斯兰在靠近 ······ 110

第12章 彼得的第一场战役 ······ 121

第13章 时间起点的神秘魔法 ······ 132

第14章 女巫的胜利 ······ 144

第15章 时间起点前的神秘魔法 ··· 155

第16章 石像的遭遇 ······ 166

第17章 追猎白鹿 ······ 177

第1章　露西往衣柜里看

从前，有这么四个孩子，名字分别叫彼得、苏珊、埃德蒙和露西。这个故事讲的是战争期间，为了躲避空袭，他们从伦敦疏散出来时发生的事情。

他们被送到一个老教授家里。老教授住在荒郊野外，离最近的火车站十英里，离最近的邮局也有两英里。老教授没有妻子，住在一座很大的房子里。他有个管家叫马克里蒂太太，还有三个仆人（分别叫艾薇、玛格丽特和贝蒂，但都跟这个故事关系不大）。

教授本人是个老头儿，白头发乱蓬蓬地散在头上，把脸都遮住了大半。孩子们几乎一下子就喜欢上了他。可是，第一天晚上他到大门口来迎接他们时，他的模样

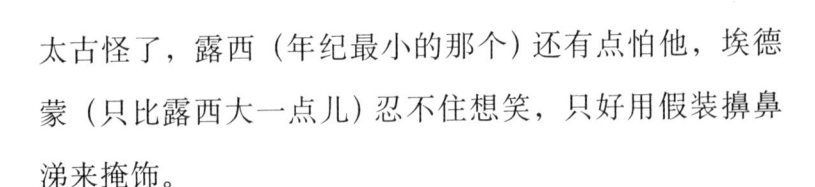

太古怪了,露西(年纪最小的那个)还有点怕他,埃德蒙(只比露西大一点儿)忍不住想笑,只好用假装擤鼻涕来掩饰。

第一天晚上,他们对教授道了晚安,上楼去睡觉后,两个男孩立刻钻进两个女孩的房间,把这件事好好议论了一番。

"好日子终于来了。"彼得说,"我们肯定会过得特带劲儿。不管想做什么,那个老家伙都会让我们做的。"

"我认为他是个可爱的老头儿。"苏珊说。

"哦,得了吧!"埃德蒙说,他累了,却又要假装不累,这总让他脾气不好,"别再这么说话了。"

"怎么说话?"苏珊说,"而且,你这会儿该睡觉了。"

"想用妈妈的口气来说话。"埃德蒙说,"你算老几,管我什么时候睡觉呢?你自己去睡吧。"

"我们是不是最好都去睡觉?"露西说,"如果被人听见我们在这里说话,肯定会挨骂的。"

"不会的。"彼得说,"告诉你们吧,在这种房子里,我们做什么都不会有人在意。反正,他们不会听见我们

的声音。从这里走到楼下的餐厅差不多要十分钟呢,中间隔了那么多楼梯和走廊。"

"那是什么声音?"露西突然说。这房子比她以前待过的大得多,一想到那些长长的走廊,走廊两边的一个个房门通向一间间空荡荡的屋子,她就感到心里发毛。

"一只小鸟而已,傻瓜。"埃德蒙说。

"是猫头鹰。"彼得说,"这里肯定是鸟的天堂。我要去睡觉了。对了,我们明天去探险吧。在这种地方,说不定能找到什么东西呢。看见我们来的时候的那些大山了吗?还有那些树林?没准儿会有老鹰,没准儿会有鹿,还有秃鹰。"

"还有獾!"露西说。

"狐狸!"埃德蒙说。

"野兔!"苏珊说。

可是到了早晨,外面哗哗地下起了雨。雨真大,根本看不见窗外的大山和树林,就连花园里的小溪流也看不见了。

"这雨肯定会下个不停!"埃德蒙说。他们刚和教

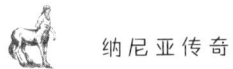

授一起吃过早饭,来到楼上教授专门给他们安排的房间——一个长长的、天花板低矮的房间,一面有两扇窗户,另一面是一扇窗户。

"别抱怨啦,埃德。"苏珊说,"十有八九再过一小时天就会放晴了。而且,这段时间也不难熬。有无线电,还有许多书。"

"我没兴趣。"彼得说,"我要在这座房子里探探险。"

大家听了这话都表示同意,于是,探险开始了。

这种大房子,好像永远没有尽头,并且有许多意想不到的地方。他们打开几扇房门,不出所料,都只是闲置的卧房。不一会儿,他们来到一个很长的房间里,里面挂满图画,还有一副铠甲。之后,是一个披着绿色帷幕的房间,角落里放着一把竖琴。走下三级台阶,再走上五级台阶,是楼上的一个小客厅,还有一扇门通往外面的阳台。接着是一个个彼此相连的房间,四壁摆满了书——大都是很古老的书,有些大部头比教堂里的《圣经》还大。

没过多久,出现在他们面前的是一个空荡荡的房间,里面只有一个很大的衣柜,就是柜门上带一面镜子的那种。房间里没有别的东西,只是窗台上落着一只死去的青蝇。

"什么都没有!"彼得说,他们又都走了出去——除了露西,她留在了房间里,觉得把柜门打开看看肯定很有意思,虽然她几乎可以肯定柜门是锁着的。没想到,柜门一拉就开了,从里面掉出两个樟脑丸。

她往柜里张望了一下,看见挂着几件外衣——基本上都是毛皮大衣。露西最喜欢的就是毛皮的那种气味和手感。她立刻走进衣柜，钻进大衣中间，用面颊蹭蹭它们。当然啦，门没有关上，她知道把人关在衣柜里是一件很愚蠢的事。她往里走，很快就发现第一排大衣后面还挂着第二排。这里的光线已经很黑了，她把双手伸在前面，以免脸撞到衣柜的后壁。她又往里走了一步——然后是两步、三步，一直用指尖探摸着衣柜的后壁，可是没有摸到。

"这肯定是个很大、很大的衣柜！"露西喊道。

她继续往里走，把那些挡住她的柔软的大衣推到一边。突然她发现脚底下踩碎了什么东西。"难道又是樟脑丸吗？"她想，弯腰用手去摸。她没有摸到坚硬、光滑的衣柜木板，却摸到一种软软的、粉末状的、寒冷刺骨的东西。

"太奇怪了。"她说，又往前走了一两步。

接着，她发现蹭着她的脸和手的不再是柔软的毛皮，而是又硬又糙甚至有点扎人的东西。"哎呀，简直像树枝一样！"露西大声说。

就在这时,她看见前面有一点亮光。衣柜的后壁本来应该近在咫尺的,但那亮光却在很远的地方。一些冷冰冰、软绵绵的东西落在她身上。片刻之后,她发现自己站在夜晚的一片树林中间,脚下是积雪,空中飘着雪花。

露西觉得有点害怕,同时感到非常好奇和兴奋。她扭头看看,在那些黑黢黢的树干间,仍然能看见衣柜敞开的柜门,甚至能隐约瞥见她刚才离开的那个空荡荡的房间。(她当然没有把门关上,因为她知道把人关在衣柜里是一件很愚蠢的事。)房间里似乎天还亮着。"如果有什么不对劲儿,我随时都能回去。"露西想。

她开始往前走,嘎吱嘎吱地踩着积雪,在树林里穿行,朝那点亮光走去。大约十分钟后,终于到了,她发现那是一盏路灯。她站在那里打量着路灯,不明白树林深处怎么会有路灯,也不知道下一步该怎么办。

突然,她听见一阵啪嗒啪嗒的脚步声朝她走来。不一会儿,一个非常奇怪的人从密林里走出来,来到路灯的亮光里。

这人比露西高不了多少，头上打着一把伞，上面落满了白花花的雪。他从腰往上是人形，双腿却跟山羊一样（上面的毛黑得发亮），底下不是脚而是羊蹄。他还有一条尾巴，但露西一开始没有发现，因为尾巴仔细地搭在打伞的那只胳膊上，以免拖在雪地里。他脖子上围着一条红色羊毛围巾，皮肤也是红红的。他生着一张奇怪而讨人喜欢的小脸，短短的尖胡子，一头鬈发，脑门两边的头发间各冒出一个犄角。刚才已经说了，他一手打着伞，另一只胳膊上挎着几个牛皮纸包。这些包裹，再加上漫天白雪，似乎他在为圣诞节采购物品。他是一个半羊人。他看见露西，大吃了一惊，包裹都掉在了地上。

"我的天哪！"半羊人惊叫道。

第2章 露西发现了什么

"晚上好。"露西说。可是半羊人忙着把包裹捡起来,没有马上回答。包裹捡起来后,他朝露西微微鞠了一躬。

"晚上好,晚上好。"半羊人说,"请原谅——我不想胡乱打听——但我认为你是夏娃之女,应该没错吧?"

"我叫露西。"她说,并没完全明白他的意思。

"可是你——请原谅——你是他们所说的女孩吧?"半羊人说。

"我当然是女孩。"露西说。

"实际上你是个人类?"

"我当然是人类。"露西说,仍然有点儿摸不着头脑。

"那是,那是。"半羊人说,"我真愚蠢!我以前从没见过亚当之子和夏娃之女。我很喜悦。就是说——"他顿住了,似乎刚要说什么本来没打算说的话,又及时明白了过来。"喜悦,喜悦。"他继续说道,"请允许我介绍自己。我叫塔姆努斯。"

"很高兴见到你,塔姆努斯先生。"露西说。

"请问,夏娃之女,"塔姆努斯先生说,"你是怎么进入纳尼亚的?"

"纳尼亚? 是什么?"露西说。

"我们现在所在的地方,"半羊人说,"是纳尼亚之邦,是路灯和东海凯尔帕拉维尔大城堡之间的所有土地。那么你——你是来自西部的荒林吗?"

"我——我是从客房的衣柜里穿过来的。"露西说。

"啊!"塔姆努斯先生用十分忧伤的声音说,"如果当年我小的时候好好学习地理,肯定就会知道所有那些奇怪的国家了。现在来不及了。"

"它们可不是什么国家。"露西说,差点儿笑出声来,"就在那后面——至少——我不敢肯定。那里还是夏天呢。"

"与此同时,"塔姆努斯先生说,"纳尼亚却是冬天,而且已经入冬很长时间了。如果站在这雪地里说话,我们俩都会感冒的。来自遥远的客房的夏娃之女——那里永恒的盛夏沐浴着灿烂的衣柜之城,请问你是否愿意来陪我喝一杯茶呢?"

"非常感谢,塔姆努斯先生,"露西说,"但恐怕我应该回去了。"

"一拐弯就到了,"半羊人说,"有熊熊的炉火——烤面包——沙丁鱼——还有蛋糕。"

"好吧,谢谢你的热情。"露西说,"但我不能待太久。"

"请挽住我的胳膊,夏娃之女,"塔姆努斯先生说,"这样我的伞就能遮挡我们两个人。这边走。好了——出发。"

于是,露西发现自己跟这个奇怪的生物手挽手走在树林里,就好像彼此已经认识了一辈子似的。

没走多远,就来到一片地面粗糙的地方,到处都是岩石,一座座小山起起伏伏。在一个小河谷的底部,塔姆努斯先生突然往旁边一拐,似乎要直接走进一块特别

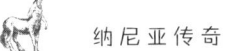

大的岩石。但是在最后一刻，露西发现他把自己领进了一个山洞口。一进洞里，露西就被木头烧的旺火刺得直眨眼睛。塔姆努斯先生弯下腰，用精巧的钳子从火里夹出一片燃烧的木头，点亮了一盏灯。"不会很长时间的。"他说，立刻就把水壶坐在火上。

露西觉得自己从没到过比这更好的地方了。一个小巧、干爽、整洁的红石山洞，地上铺着地毯，放着两把小椅子（"一把我坐，一把朋友坐。"塔姆努斯先生说），一张桌子，一个梳妆台，炉火上方是个壁炉架，上面挂着一幅画，画的是一位白胡子的老半羊人。墙角有一扇

门，露西猜想肯定通向塔姆努斯先生的卧室；墙边摆着一个书架，上面放满了书。露西打量着这些书，塔姆努斯先生把吃茶点的东西摆了出来。有些书名是《森林神西勒诺斯的生平和书信》《林中仙女的习性》《人、僧侣和猎场看守人：通俗传奇研究》和《人是神话吗？》。

"来吧，夏娃之女！"半羊人说。

茶点真是美味丰盛啊。有漂亮的褐色鸡蛋，煮得嫩嫩的，一人一个，还有烤面包夹沙丁鱼，烤面包抹黄油，烤面包抹蜂蜜，然后是撒了糖霜的蛋糕。露西吃够了，半羊人就开始说话。他知道许多关于林中生活的有趣故事。他讲了午夜舞会，住在井底的林中仙女和住在树上的树仙都跑出来跟半羊人们一起跳舞。讲了狩猎队去追捕奶白色的母鹿，抓到后可以让你许愿。讲了跟野生红色矮人一起欢宴和寻宝的事，那些矮人住在深深的矿井里和树林地下很深的山洞里。讲了夏天树林变得一片葱绿，年迈的西勒诺斯经常骑着那头胖驴来拜访，偶尔酒神巴克斯还会亲自光临，那时小溪里流淌的便不再是水，而是甘美的红酒。整个森林接连几个星期都纵情地饮酒狂欢。

"现在却总是隆冬。"他闷闷不乐地补了一句。为了让自己高兴起来,他从梳妆台上的匣子里拿出一支奇怪的、像是稻草做的小长笛,开始吹了起来。他吹的曲子让露西听了又想哭又想笑,还想跳舞和睡觉。肯定过了好几个小时,她才突然醒过神来,说:

"哦,塔姆努斯先生——很抱歉打断你,我非常喜欢这支曲子——可是,说真的,我必须回家了。本来只想待几分钟的。"

"现在不行了,你知道。"半羊人说,放下长笛,非常忧伤地朝露西摇摇头。

"不行了?"露西说,她一跃而起,感到非常害怕,"这是什么意思?我必须马上回家。他们肯定都在为我担心了。"可是片刻之后,她又问:"塔姆努斯先生!出什么事了?"因为半羊人那双褐色的眼睛里噙满了泪水,接着泪珠开始顺着面颊滚落,又从鼻尖滴下来。最后,半羊人用双手捂住脸,号啕大哭起来。

"塔姆努斯先生!塔姆努斯先生!"露西非常难过

地说,"别哭!别哭!出什么事了?你不舒服吗?亲爱的塔姆努斯先生,请告诉我是怎么回事。"可是半羊人继续哭泣,好像心都要碎了似的。露西走过去用胳膊搂住他,还把自己的手绢借给他,他都没停下来。他只是接过手绢,擦了又擦,湿得不能用了就用双手拧一拧,所以没过多久,露西脚下就湿了一片。

"塔姆努斯先生!"露西在他耳边大叫,一边摇晃着他,"停住。赶紧停住!你应该为自己感到害臊,这么大的一个半羊人。你到底哭什么呀?"

"哦——哦——哦!"塔姆努斯先生泣不成声,"我哭,因为我是一个糟糕透顶的半羊人。"

"我才不认为你是个糟糕的半羊人呢。"露西说,"我认为你是个很好的半羊人。是我见过的最好的半羊人。"

"哦——哦,如果你知道是怎么回事的话,就不会这么说了。"塔姆努斯先生泣不成声地说,"没错,我是个坏的半羊人。我想,自打有了这个世界,还从没有过比我更坏的半羊人呢。"

"可是你做了什么呢?"露西问。

"我的老父亲,"塔姆努斯先生说,"喏,那壁炉架上的就是他的照片。他绝不会做出这样的事。"

"什么样的事?"露西说。

"就是我做的那种事。"半羊人说,"在白女巫的手底下效力。我现在就是这样,被白女巫花钱雇着。"

"白女巫?她是谁?"

"哎呀,整个纳尼亚都在她的掌控之下。就是她把这里弄得永远是冬天的。永远是冬天,却没有一个圣诞节。你想想吧!"

"太可怕了!"露西说,"她以什么为代价呢?"

"最糟糕的就在这里。"塔姆努斯先生深深叹了口气说,"我成了她的绑匪。没错。你看看我吧,夏娃之女。你会相信我竟然是那种半羊人吗?在森林里遇见一个无辜的可怜孩子,一个从来没有伤害过我的孩子,我假装对她友好,邀请她到我的山洞里做客,却只是为了哄她睡着,然后把她交给白女巫。你会相信吗?"

"不会,"露西说,"我相信你肯定不会做这样的事。"

"可是我做了。"半羊人说。

"那么,"露西慢吞吞地说(因为她想说实话,又不想对他太生硬),"那么,确实挺糟糕的。但你这么后悔,我相信你以后不会再这样做了。"

"夏娃之女,你难道不明白吗?"半羊人说,"这不是我以前做的事,而是我此时此刻正在做的。"

"什么意思?"露西大声问,脸色一下子变得煞白。

"你就是那个孩子。"塔姆努斯先生说,"我得到白女巫的吩咐,如果在树林里看见一个亚当之子或夏娃之女,就抓起来交给她。你是我遇到的第一个。所以我假装跟你做朋友,请你来喝茶,其实我一直就想等你睡着以后去告诉她的。"

"哦,你不会的,塔姆努斯先生,"露西说,"不会的,对吗?真的,真的,你绝不会那么做。"

"如果我不那么做,"他说着又哭了起来,"她肯定会知道的。她就会把我的尾巴割断,把我的犄角锯掉,把我的胡子拔光,然后对着我美丽的软蹄子挥舞魔杖,把它们变成像倒霉的马那样难看的硬蹄子。如果她特别特别生气,还会把我变成石头,我就成了她那座可怕房子里的一座半羊人雕像，直到凯尔帕拉维尔城堡的四个王位都有了主人。然后天知道会发生什么事情，也许什么也不会发生。"

"真对不起，塔姆努斯先生。"露西说，"可是，求求你放我回家吧。"

"我当然会的。"半羊人说，"当然必须这么做。我现在明白了。在遇到你之前，我不知道人类是什么样的。现在当然不能把你交给女巫，因为我已经认识你了。我们得赶紧出发了。我会把你送到路灯那儿。我想你自己能找到返回客房和衣柜的路，是吗？"

"肯定没问题。"露西说。

"我们千万别发出声音。"塔姆努斯先生说，"树林里到处都是她的密探。甚至有些树也跟她站在一边。"

他俩站起身，吃茶点的东西仍留在桌上。塔姆努斯先生再次撑起伞，让露西挽住他的胳膊，一起走到外面的雪地里。回去路上的气氛跟刚才到半羊人山洞去的时候完全不一样。他们尽量加快脚步，一句话也不说，悄没声儿地往前赶，塔姆努斯先生总是选择光线最暗的地方。终于又到了路灯那儿，露西松了口气。

"从这里你知道怎么走了吧，夏娃之女？"塔姆努斯先生说。

露西使劲朝树丛间看了看，隐约能看见远处有一片像天光一样的亮光。"知道了，"她说，"我能看见衣柜的门。"

"那就赶快回家去吧。"半羊人说，"那么，你——你能原谅我本来想做的事吗？"

"哎呀，当然能啦。"露西说，热情地跟他握了握手，"希望你不会因为我的缘故，陷入可怕的麻烦。"

"别了，夏娃之女。"他说，"我能不能留着这块手绢？"

"没问题！"露西说，然后拼命甩动两条腿，飞快地朝那片亮光跑去。不一会儿，掠过她身边的不再是粗糙的树枝，而是一件件毛皮大衣，脚下也不再是嘎吱作响的积雪，她感觉到了木板。突然一下子，她发现自己从衣柜里跳出，又来到了那个空荡荡的房间，整个探险经历就是从这里开始的。她回身把衣柜的门紧紧关上，一边呼哧呼哧地喘着气,一边左右张望着。外面还在下雨,能听见其他人在走廊里说话的声音。

"我在这里,"她喊道,"我在这里。我平安地回来了。"

第 3 章　埃德蒙和衣柜

露西跑出空荡荡的房间，跑进走廊，找到了另外三个人。

"没事了，"她又说了一遍，"我回来了。"

"你在说些什么呀，露西？"苏珊问。

"怎么？"露西惊讶地说，"你们都没有奇怪我去了哪儿吗？"

"这么说你躲起来了，是吗？"彼得说，"可怜的露露，跟我们捉迷藏，却谁也没注意！如果你想让别人开始找你，就要躲的时间再长一些。"

"可是我去了好长好长时间呢。"露西说。

另外三个人面面相觑。

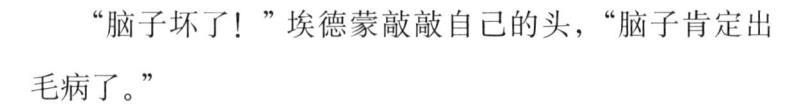

"脑子坏了！"埃德蒙敲敲自己的头，"脑子肯定出毛病了。"

"你在说什么呀，露露？"彼得问。

"我说的是，"露西回答，"吃过早饭后，我钻进衣柜，去了好长好长时间，还吃了茶点，发生了那么多事情。"

"别说傻话了，露西。"苏珊说，"我们刚从那个房间出来，那会儿你还在呢。"

"她才不是说傻话呢，"彼得说，"她是在编故事玩儿呢，是不是，露露？这有什么不可以呢？"

"不，彼得，不是的。"露西说，"那是——那是一个魔法衣柜。里面有一片树林，天在下雪，还有一个半羊人和一个女巫，那地方叫纳尼亚。你们过来看嘛。"

其他人都觉得莫名其妙，可是看到露西那么兴奋，也就跟着她回到那个房间。露西冲在前面，猛地打开衣柜的门，喊道："去吧！你们自己进去看！"

"哎呀，你这傻瓜。"苏珊说着，把脑袋探进去，拨开那些毛皮大衣，"就是一个平平常常的衣柜呀。看！衣柜的后壁。"

每个人都把脑袋探进去看，把大衣拨拉到旁边，他们都看见——露西也看见了——一个再普通不过的衣柜。没有树林，没有雪，只有衣柜的后壁和上面的钩子。彼得走进去，用指关节敲了敲后壁，证实是结结实实的木头。

"露露，真是个绝妙的骗局。"彼得出来后说道，"说实在的，你真把我们都给蒙住了。我们差点儿相信了你。"

"根本不是什么骗局，"露西说，"绝对是真的。刚才一切都不一样。我没说假话，我保证。"

"好啦，露露，"彼得说，"有点过分了。你已经把我们捉弄了一把，现在就让这事儿过去吧，好吗？"

露西涨红了脸，想说些什么，却不知道怎么说，忍不住哭了起来。

接下来的几天，她心里很难过。只要她能劝自己承认这都是她闹着玩儿编的故事，一下子就能跟哥哥姐姐和好如初。但她是个非常诚实的小姑娘，知道自己并没有说谎，不能昧着良心这么说。别人都以为她编了个谎话，而且是个愚蠢的谎话，这使她很不开心。彼得哥哥和苏珊姐姐不是故意这么做的,但埃德蒙时常有点坏心眼儿,这次表现就很恶劣。他挖苦嘲笑露西,不停地问她是不是在这座房屋的其他橱柜里也发现了新的国度。更糟糕的是,这些日子本来应该很愉快的。天气晴朗,他们从早到晚待在户外,冲澡,钓鱼,爬树,躺在杂草丛中。可是露西没法儿好好享受这一切。就这样,又迎来了第二个下雨天。

那天,一直到下午都没有放晴的意思,他们便决定玩捉迷藏。苏珊是找人的,大家四散躲藏时,露西立刻跑到有衣柜的那个房间。她并没有打算躲进衣柜,知道那只能引得别人又说起那件倒霉的事。可是她真心想朝里面再看一眼。因为现在她自己也开始怀疑纳尼亚和半羊人是不是一场梦了。这座房子这么大,这么复杂,藏身的地方多的是,她认为完全来得及朝衣柜里看一眼,再找个别的地方藏起来。可是刚走到衣柜前,就听见外面的走廊里有脚步声。她别无选择,只能赶紧跳进衣柜,回身把门关上。她没有关得很紧,知道把人关在衣柜里是非常愚蠢的,不管是不是魔法衣柜。

她听出脚步声是埃德蒙的。埃德蒙跑进房间，正好看见露西钻进衣柜消失了。他立刻决定自己也钻进去——不是因为觉得藏在衣柜里特别隐蔽，而是想继续嘲笑露西幻想中的那个国度。他打开柜门。那些大衣还跟平常一样挂着，一股樟脑球的味儿，黑暗，寂静，却不见露西的影子。"她以为我是苏珊，来抓她了，"埃德蒙自言自语地说，"所以一声不响地躲在后面。"他跳进衣柜把门关上了，忘记这么做是十分愚蠢的。然后他开

始在黑暗中摸索，寻找露西。他以为不出几秒钟就能找到她，可是摸来摸去都没有，就觉得非常吃惊。他决定再把门打开，让一些光线照进来，没想到连门也找不到了。他可不喜欢这样，便开始慌乱地东摸西摸，甚至大声喊道："露西！露露！你在哪儿？我知道你在这里。"

没有回答。埃德蒙发现自己的声音听起来有点奇怪——不像是在橱柜里的声音，而是一种在露天里的声音。他还意外地发现自己感到很冷，接着看见一道亮光。

"谢天谢地，"埃德蒙说，"肯定是门自己突然打开了。"他把露西忘到了脑后，朝着亮光走去，以为那是敞开的衣柜门。然而，他发现自己没有从衣柜出去，进入客房，而是从黑黢黢的茂密的冷杉树丛走到了一处林间空地上。

他脚下是干冷松软的白雪，树枝上也有积雪。头顶上是浅蓝色的天空，就是冬天晴朗的早晨看到的那种天空。他看见正前方的树干间太阳正在冉冉升起，红彤彤的，非常清晰。四下没有一丝动静，似乎这片天地里只有他一个活物。树丛间连一只知更鸟或松鼠都看不见，四面

看去都是一眼望不到头的树林。他打了个哆嗦。

这时候他想起来了，他是在找露西。他还想起自己曾对她那个"幻想国度"百般挖苦，结果却发现这个国度并不是她幻想出来的。他想露西肯定在附近的什么地方，就喊道："露西！露西！我也在这儿——我是埃德蒙。"

没有回答。

"她在为我说的那些话生气呢。"埃德蒙想。虽然他不愿意承认自己错了，但也不喜欢独自待在这个寒冷、寂静的陌生地方。于是他又喊了起来：

"听我说，露露！对不起我没有相信你的话。现在我知道你一直都是对的。快出来吧。我们和好吧。"

还是没有回答。

"女孩就是这样，"埃德蒙自言自语，"躲在什么地方生闷气，不肯接受道歉。"他又看了看四周，认为自己不喜欢这个地方，几乎决定要回家了，却突然听见遥远的树林深处传来了铃铛声。他侧耳倾听，声音越来越近，最后眼前出现了一辆雪橇，由两只驯鹿拉着。

驯鹿的个头跟设得兰矮种马差不多，身上的毛白得耀眼，跟它一比雪都显得不白了。分叉的角金光闪闪，在初升太阳的映照下，跟着了火似的。挽具是鲜红色的皮革，上面挂满了铃铛。雪橇上，一个胖墩墩的矮人赶着驯鹿，他如果站着的话大概有三英尺高。他穿着北极熊皮毛做的衣服，头戴一顶红帽子，帽尖垂下一根长长的金色流苏。一把大胡子拖到膝盖上，当作旅行毯来盖了。在他后面，在雪橇中间一个高得多的座位上，却坐着一个截然不同的人——一个身材高大的女士，比埃德蒙见过的所有女人都高。她也穿着白色的毛皮大衣，把脖子都围住了，右手拿着一根长长的、直溜溜的金魔杖，头上戴着一顶金色的王冠。她脸色很白——白得像雪、像纸、像糖霜，只有嘴唇是鲜红的。从各方面来说这都是一张美丽的脸，但显得傲慢、寒冷和严厉。

雪橇朝埃德蒙飞驰过来，铃铛叮叮地响个不停，矮人啪啪地抽打鞭子，雪橇的两边扬起团团雪沫，这景象煞是好看。

"停！"女人说，矮人赶紧让驯鹿停住。停得太猛了，驯鹿几乎坐到了地上。接着它们缓过劲来，站起身，咬

着嚼子，喷着响鼻。在寒冷刺骨的空气中，它们鼻孔里喷出的气息像白雾一样。

"请问，你是谁？"女人紧紧盯着埃德蒙，问道。

"我——我——我叫埃德蒙。"埃德蒙很不自然地说。他不喜欢女人这样盯着他看。

女人皱起眉头："你就这样跟一个女王说话吗？"她问，看上去比刚才更严厉了。

"请您原谅，陛下，我不知道你是女王。"埃德蒙说。

"不知道纳尼亚的女王？"女人大声说，"哈！你以后会了解我们的。我再问一遍——你是怎么回事？"

"请原谅，陛下，"埃德蒙说，"我不明白你的意思。我在上学——至少以前是在上学——现在放假了。"

第4章　土耳其软糖

"你到底是什么东西呢?"女王又问,"难道是一个大块头的矮人剪去了胡子?"

"不是,陛下,"埃德蒙说,"我从来没有胡子,我是一个男孩。"

"一个男孩!"女人说,"你的意思是亚当之子?"

埃德蒙一动不动地站着,什么也没说。他已经被弄糊涂了,不明白这个问题是什么意思。

"不管你是什么,我看你都是个白痴。"女王说,"痛痛快快地回答我,不然我就失去耐心了。你是人类吗?"

"是的,陛下。"埃德蒙说。

"那么请问,你是怎么进入我的领地的?"

"请原谅，陛下，我是从一个衣柜进来的。"

"一个衣柜？什么意思？"

"我——我打开柜门，就发现自己到了这里，陛下。"埃德蒙说。

"哈！"女王说，不像是对埃德蒙，更像是自言自语，"一扇门。人类世界的一扇门！我听说过这种事情。会把一切都毁了的。但他只是一个人，很容易对付。"她一边说着这些话，一边从座位上站起来，脸对脸地看着埃德蒙，眼睛像着了火似的。与此同时，她举起了魔杖。埃德蒙知道她肯定要做什么可怕的事，但就是动弹不得。接着，就在他眼睛一闭听天由命时，女人似乎改变了主意。

"我可怜的孩子，"她换了一种截然不同的语气说，"你看上去多冷啊！过来跟我一起坐在雪橇上，让我把斗篷给你围上，我们聊一聊。"

埃德蒙不喜欢这种安排，但又不敢违抗。他跨上雪橇，坐在女人脚边，女人把毛皮斗篷的一角裹在他身上，掖好。

"也许你想喝点热的?"女王说,"想喝吗?"

"想喝,谢谢你,陛下。"埃德蒙说,他的牙齿都在打战。

女王从她那些包裹里拿出一个很小的瓶子,看上去像是黄铜做的。然后,她伸出胳膊,让瓶里的一滴液体落在雪橇旁的雪地上。埃德蒙看见那滴液体从空中落下,像钻石一样闪闪发光。可是一碰到雪地就发出嘶嘶声,赫然变成了一个镶金嵌玉的杯子,里面是满满一杯冒着

热气的东西。矮人立刻端起杯子，弯腰鞠躬，笑眯眯地递给埃德蒙。他笑起来并不好看。埃德蒙慢慢喝着那热腾腾的饮料，感觉好多了。他以前没喝过这种东西，很甜，泛着泡沫，像奶油一样，使他一下子从头到脚暖和过来了。

"亚当之子，光喝不吃太没意思了。"女王很快就说，"你最想吃什么呢？"

"土耳其软糖，谢谢你，陛下。"埃德蒙说。

女王又让瓶里的一滴液体落到雪地上，立刻就出现了一个圆圆的盒子，系着绿色的丝带，打开后，里面是几磅最好的土耳其软糖。每颗软糖都很甜，通体软绵绵的，埃德蒙从没吃过比这更美味的东西。他已经全身热乎乎的，而且感到很舒服。

他吃软糖的时候，女王不停地问东问西。起初，埃德蒙还想提醒自己嘴里含着东西说话是不礼貌的，但很快就忘记了，只顾往嘴里塞更多的土耳其软糖，他越吃越想吃，根本没想到问问自己女王为什么打听那么多事情。在女王的追问下，埃德蒙说了自己有一个哥哥、一个姐姐、一个妹妹。妹妹已经来过纳尼亚,还遇到一个半羊人,但除了他们兄妹四个,谁也不知道纳尼亚的情况。女王似乎对他们只有四个特别感兴趣,反复地提到这个问题。"你们真的只有四个?"她问,"两个亚当之子,两个夏娃之女,不多也不少?"埃德蒙嘴里塞满了土耳其软糖,不停地说:"是的,我刚才告诉过你了。"忘记了称呼她"陛下",但她现在似乎不介意了。

最后,土耳其软糖都吃完了,埃德蒙使劲盯着空空的盒子,希望女王会问他还想不想再吃一些。女王可能很清楚他在想什么,因为她知道这是施过魔法的糖,不管是谁,只要尝上一口,就想不停地吃啊吃,甚至,如果允许的话,一直吃到把自己撑死,但埃德蒙是不知道这点的。女王没有再给埃德蒙软糖,而是对他说:

"亚当之子,我很想见见你的哥哥、姐姐和妹妹。你能把他们带来见我吗?"

"我试试吧。"埃德蒙说,眼睛仍然盯着空空的盒子。

"如果你再来——当然要把他们也一起带来——我就能再给你一些土耳其软糖。现在我办不到,魔法只能

变一次。到了我自己家里,情况就不一样了。"

"为什么不能现在就去你的家里?"埃德蒙说。他刚才爬上雪橇时还担心女王会带他去一个未知的地方,再也回不来了,可是现在他把那种担忧忘到了脑后。

"我的家,是个可爱的地方。"女王说,"我相信你肯定会喜欢的。一个个房间里堆满了土耳其软糖,而且,我自己没有孩子。我想要一个漂亮的男孩,我能把他培养成一个王子,等我死后,让他成为纳尼亚的国王。他做王子的时候,会戴一顶金色的王冠,从早到晚吃着土耳其软糖。你是我见过的最最聪明、最最英俊的年轻人。我愿意让你成为王子——等你把其他人带来见我之后。"

"为什么不是现在呢?"埃德蒙说。他的脸涨得通红,嘴巴和双手都黏糊糊的。不管女王怎么说,他看上去可是既不聪明,也不英俊。

"哦,如果我现在带你去的话,"女王说,"就见不到你的哥哥、姐姐和妹妹了。我非常想认识你那些可爱的家人。你要当王子——以后还要当国王,那是不用说的。但你必须有朝臣和皇亲贵戚。我要封你的哥哥为公爵，封你的姐妹为女公爵。"

"他们没什么特别的本事，"埃德蒙说，"而且，以后我随时都可以把他们带来。"

"啊，可是你一到了我家里，"女王说，"就会把他们全忘记了。你会尽情地享受，根本不想再去把他们带来了。不行，你必须现在就返回你们的国度，改日再带他们一起来见我。不带他们来是不行的。"

"可是我连返回自己国度的路都不知道。"埃德蒙恳求道。

"那很容易，"女王回答，"你看见那盏灯了吗？"她用魔杖一指，埃德蒙转过脸看见了那个路灯灯柱，露西就是在那下面遇见半羊人的。

"一直往前走，"女王说，"过了那盏灯就是通往人类世界的路。现在再看另一边，"说着她一指相反方向，"告诉我，你能不能看见树顶上耸立的两座小山？"

"好像能看见。"埃德蒙说。

"好吧，我的家就在那两座山之间。下次你来，只

要找到路灯柱，再找到那两座山，然后在树林里穿行，就能走到我家。可是记住——必须带其他人一起来。如果你一个人来，我肯定会非常生气的。"

"我会尽力的。"埃德蒙说。

"还有，"女王说，"你不用跟他们提到我。我俩之间守着一个秘密肯定很有意思，是不是？给他们一个惊喜。就带着他们走向两座山——你这样聪明的一个男孩子，很容易就能找到借口那么做——到了我的房子前，你只消说一句'看看这里住着谁'之类的话。我相信那样最好。因为你妹妹见过一个半羊人，可能听说了关于我的古怪传闻——一些吓人的故事，使她不敢来见我。你知道，半羊人什么话都说得出来，所以——"

"求求你，求求你，"埃德蒙突然说，"能不能给我一颗土耳其软糖，让我回去的路上吃？"

"不行，不行。"女王笑着说，"必须等下次了。"她说话时，示意矮人赶着雪橇继续往前走。当雪橇迅速消失时，女王朝埃德蒙挥手，大声喊道："下次见！下次见！别忘了。很快就来。"

埃德蒙仍然眼巴巴地盯着远去的雪橇，突然听见有人叫他的名字，他扭头一看，露西正从树林的另一处朝他走来。

"哦，埃德蒙！"她喊道，"你也进来了！真是太棒了，现在——"

"好吧，"埃德蒙说，"我知道你是对的，那确实是一个魔法衣柜。如果你愿意，我可以向你道歉。可是这段时间你跑到哪儿去了？我一直在到处找你。"

"如果我知道你进来，就会等你了。"露西说。她太高兴太兴奋了，没有注意到埃德蒙说话的口气那么冲，脸色也红得不正常，"我在跟亲爱的塔姆努斯先生吃午饭，就是那个半羊人。他情况很好，上次把我放走，白女巫并没有拿他怎么样，所以他认为白女巫不可能知道，也许到头来什么事也不会有。"

"白女巫？"埃德蒙说，"她是谁？"

"是个特别可怕的人，"露西说，"她管自己叫纳尼亚女王，其实她根本不配当女王，所有的半羊人、林仙、水神、矮人和动物——至少所有的好动物——都恨透了她。她能把人变成石头,还能做出各种可怕的事情。她施了个魔法,让纳尼亚永远是冬天——永远是冬天,却从来没有圣诞节。她还乘着驯鹿拉的雪橇到处走,手里拿着魔杖,头上戴着王冠。"

埃德蒙吃了那么多糖,已经感到不舒服了,这会儿又听露西说他交上的朋友是个危险的女巫,就更难受了。可是他还想再尝尝那种土耳其软糖,这愿望比什么都强烈。

"白女巫的事是谁跟你说的?"他问。

"半羊人塔姆努斯先生。"露西说。

"半羊人的话你不能全信。"埃德蒙说,想表现出他对半羊人的了解比露西多得多。

"谁说的?"露西问。

"每个人都知道,"埃德蒙说,"你随便去问好了。站在这雪地里怪难受的,我们回家吧。"

"好啊,回家吧。"露西说,"哦,埃德蒙,我真高兴你也进来了。现在我们俩都来过,他们就不得不相信真有纳尼亚了。那该多好玩啊!"

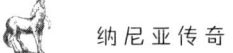

可是，埃德蒙私下里却认为这件事对他来说没那么好玩。因为那样他就必须在其他人面前承认露西是对的，而且他相信别人都会站在半羊人和动物们一边，但他已经多半是跟女王站在一边了。如果大家谈论起纳尼亚来，他不知道自己该说什么，该怎么守住他的秘密。

走出好远之后，突然他们感觉周围不再是树枝，而是毛皮大衣，接着两人就站到了衣柜外面，在那个空荡荡的房间里。

"哟，"露西说，"你的脸色很难看，埃德蒙。你不舒服了吗？"

"我没事。"埃德蒙说，他没有说实话。他确实感到非常难受。

"那就走吧，"露西说，"去找其他人。有多少事要告诉他们呀！现在大家都知道了，我们还会有多么奇妙的冒险经历啊。"

第 5 章 回到门的这一边

捉迷藏的游戏还在继续,所以埃德蒙和露西花了好长时间才找到其他人。他们终于聚在一起了(正好是在那个有一套铠甲的长房间里),露西立刻忍不住嚷道:"彼得!苏珊!那是真的。埃德蒙也看见了。那儿有一个国度,从衣柜能穿过去。埃德蒙和我都进去了。我们在那儿碰面了,就在树林子里。说话呀,埃德蒙,把事情都讲给他们听。"

"是怎么回事呀,埃德?"彼得说。

现在我们讲到这个故事里最令人厌恶的一段了。埃德蒙刚才一直感到难受,闷闷不乐,生露西的气,因为露西是对的,但一直没拿定主意该怎么做。现在彼得突然问他，他一下子决定做一件他能想到的最恶毒、最卑鄙的事。他决定让露西难堪。

"跟我们说说吧，埃德。"苏珊说。

埃德蒙露出一副很有优越感的神情，就好像他比露西大好多岁似的（其实只大一岁），他发出一声嗤笑，说："哦，是啊，我和露西一直在玩儿——假装她那个衣柜里有个国度的故事是真的。当然啦，是闹着玩儿的。其实根本没有那回事。"

可怜的露西看了埃德蒙一眼，冲出了房间。

埃德蒙还在继续使坏，认为自己取得了辉煌的胜利，立刻接着说道："看，她又去了。她到底是怎么了？小孩子这样最糟糕了，他们总是——"

"够了，"彼得狂怒地转向埃德蒙，说道，"闭嘴！自从露露开始编造关于衣柜的胡话之后，你一直对她特别刻薄，现在你跟她一起玩这种游戏，把她的头脑又弄乱了。我认为你这么做完全是不怀好意。"

"可是她说的都是胡话。"埃德蒙大为惊讶，说道。

"当然是胡话，"彼得说，"关键就在这里。我们离开

家的时候露露还是好好的,来到这里后,她似乎脑子出了毛病,要么就是变成了非常可怕的撒谎大王。但不管怎样,你今天对她百般讽刺挖苦,明天却又去怂恿她,究竟安的是什么心?"

"我是想 —— 我是想……"埃德蒙说,可是却想不出该说什么。

"你根本什么也没想,"彼得说,"完全出于恶意。你总是喜欢欺负比自己小的人。我们以前在学校里就看到了。"

"别吵了,"苏珊说,"你们俩在这里吵架,对事情也不会有什么帮助。我们去找露西吧。"

他们过了很长时间才找到露西,不出所料,每个人都看出她一直在哭。不管他们说什么,她都听不进去。她坚持自己的故事,说:

"我不管你们怎么想,不管你们怎么说。你们可以告诉教授,可以给妈妈写信,随便做什么都行。我知道我确实在那里面遇见了一个半羊人 —— 真希望我留在那里,你们都是坏蛋,坏蛋。"

那是一个不愉快的夜晚。露西难过极了,埃德蒙也觉得他的计划不像他原来想的那么顺利。哥哥姐姐真的开始认为露西精神不正常了。露西上床睡觉后,他们还站在走廊里压低声音商量了很久。

  第二天早晨,他们决定有必要把事情原原本本地告诉教授。"如果他认为露露真的出了问题,会给爸爸写信的,"彼得说,"我们无能为力了。"他们去敲了敲书房

的门，教授说了一声"进来"，便站起来给他们找椅子，并说愿意为他们效劳。然后他坐下来，十个指头互相抵着，听他们说话。他一次也没有打断他们，一直听他们把整个故事说完。他很长时间没有说话。最后，他清了清喉咙，说了一句他们谁都没有想到的话："你们怎么知道，"他问，"妹妹说的故事不是真的？"

"哦，可是——"苏珊话刚开头，又顿住了。谁都能从老人脸上看出，他是非常严肃的。于是苏珊鼓足勇气，说："可是埃德蒙说他们只是在演戏。"

"这是一个问题，"教授说，"肯定值得我们考虑，非常认真地考虑。比如——请原谅我问这个问题——凭你们的经验，你们认为弟弟和妹妹谁更值得信任？我的意思是，谁更诚实？"

"奇怪就奇怪在这里，先生。"彼得说，"到目前为止，我每次都会回答说是露西。"

"你呢，亲爱的？"教授转向苏珊。

"嗯，"苏珊说，"总的来说，我的回答跟彼得一样，然而那不可能是真的——关于树林和半羊人的那些话。"

45

"这我就不知道了。"教授说,"指责一个你们向来认为诚实可信的人在说谎,这是一件非常严肃的事情。确实是一件非常严肃的事情。"

"我们担心可能不仅仅是说谎,"苏珊说,"我们认为露西可能出了什么问题。"

"你的意思是她疯了?"教授非常冷静地说,"哦,这点很容易断定。只要看着她,跟她说几句话,就能看出她有没有疯。"

"可是——"苏珊没有把话说完。她做梦也没有料到成年人会像教授这样说话,一时间不知该怎么想。

"逻辑学!"教授半是自言自语地说,"这些学校里为什么不教逻辑学呢?只有三种可能性。或者你们的妹妹在说谎,或者她疯了,或者她说的是实话。你们知道她平常不说谎,而且显然她目前并没有疯,那么,除非出现更多的证据,我们必须断定她说的是实话。"

苏珊使劲盯着教授,从他脸上的表情看出他绝对不是跟他们闹着玩儿。

"但怎么可能是真的呢,先生?"彼得说。

"你为什么这样说?"教授问。

"嗯,首先,"彼得说,"如果是真的,为什么不是每个人每次走进衣柜都能发现那个国度? 我的意思是,我们去看的时候什么也没发现,就连露西也没有假装看见。"

"这有什么关系呢?"教授说。

"嗯,先生,如果事情是真的,就应该一直在那儿呀。"

"是吗?"教授问。彼得就不知道该说什么了。

"而且根本就没有时间呀,"苏珊说,"即使有这个国度存在,露西也根本没有时间去。我们刚离开房间,她就跑着追过来了。还不到一分钟呢,她却说自己去了好几个小时。"

"正是这点,使她的故事很像是真的。"教授说,"如果这座房子里真的有一道通往另一个世界的门(我应该提醒你们,这是一座非常奇怪的房子,就连我对它也不太了解)——如果,比方说,她进入了另一个世界,那么,我应该毫不意外地发现另一个世界有自己独立的时间,不管你在那里待多久,都不会占用我们的时间。而我认为她这么大的女孩子不太可能自己发明这样的想法。如果她是在演戏,就会先躲避一段合适的时间,再出来讲她的故事。"

"可是,教授,难道您的意思是,"彼得说,"真的可能存在那种另外的世界 —— 无处不在,一拐弯就是?"

"没有比这更可能的了。"教授说着,摘下眼镜擦了起来,一边自言自语地嘟囔,"真不知道学校里在教他们一些什么。"

"那么我们该怎么办呢?"苏珊说。她觉得谈话有点跑题了。

"我亲爱的小姐,"教授说,突然表情非常严厉地抬头看着他俩,"有一个尚未被人提出的计划,倒是值得一试。"

"是什么?"苏珊说。

"我们还是都努力管好自己的事情吧。"他说。谈话就这样结束了。

从这以后,露西的日子好过多了。彼得不许埃德蒙再取笑她,露西和其他人也都不太愿意再谈衣柜的事。这已经成为一个非常敏感的话题。因此,在一段时间里,似乎

所有的探险经历都结束了。然而并非如此。

教授家的房子——就连教授也对它了解得很少——特别古老和出名，英格兰各地的人们经常来申请参观。它属于导游手册，甚至历史书里也会提到的那种房子。可能是吧，因为关于它流传着各种版本的故事，有些故事甚至比我现在跟你讲的这个故事还离奇。每当大批观光者前来要求参观这所房子，教授都欣然答应。管家马克里蒂太太带他们到处转，讲解那些绘画和那套铠甲，还有藏书室里那些珍贵的善本。马克里蒂太太不喜欢小孩子，她把自己知道的事情一五一十讲给游客听的时候，不愿意被人打断。在孩子们刚来的第二天早晨，她在对苏珊和彼得讲许多注意事项的时候，就说："请记住，在我带客人们参观房子时，你们必须躲在一边。"

"就好像我们有谁愿意浪费半个上午的时间，跟在一群不认识的大人后面瞎逛似的！"埃德蒙说，另外三个孩子也这么想。他们的第二次奇遇就是这样开始的。

几天后的一个早晨，彼得和埃德蒙正在打量那套铠甲，琢磨能不能把它拆开，两个女孩突然跑进房间，说道："当心！马克里蒂太太带着一大群人过来了。"

"快！"彼得说，四个孩子立刻从房间那头的门跑了出去。他们跑进绿房子，又从绿房子进入藏书室，这时突然听见头顶上传来说话声，他们意识到马克里蒂太太肯定领着那批参观者登上了后楼梯——没有像他们以为的那样走前楼梯。在那之后——也许是他们昏了头，也许是马克里蒂太太想来抓他们，也许是老房子的某种魔法突然活跃起来，把他们赶进了纳尼亚——他们发现似乎跑到哪儿都有人在后面跟着。最后苏珊说道："哦，那些旅行的人真讨厌！来——我们到衣柜房间去，等他们走了再出来。没有人会跟着我们去那儿。"可是他们刚进房间，就听见走廊里有说话声——随即听见有人在门的那一面摸索——紧接着看见门把手在转动。

"快！"彼得说，"没有别的地方了。"他猛地拉开衣柜的门。四个孩子都钻了进去，坐在黑暗里气喘吁吁。彼得把门掩上，但没有关紧。因为他像每个有头脑的人一样绝不会忘记：永远不能把自己关在衣柜里。

第6章 进入树林

"真希望马克里蒂能快点把这些人统统带走。"苏珊很快便说,"我都快憋死了。"

"还有一股子难闻的樟脑味儿!"埃德蒙说。

"但愿这些毛皮大衣的口袋里装满了樟脑丸,"苏珊说,"把蛀虫都熏跑。"

"有什么东西戳着我的后背。"彼得说。

"是不是很冷啊?"苏珊说。

"你说对了,确实很冷,"彼得说,"而且真见鬼,还湿漉漉的。这地方出了什么状况? 我坐在一个潮湿的东西上。越来越湿。"他挣扎着站起来。

"我们出去吧,"埃德蒙说,"他们走了。"

"哎哟！"苏珊突然说，大家都问她怎么了。

"我背靠一棵树坐着，"苏珊说，"看！天亮了——那边。"

"天哪，没错，"彼得说，"再看那儿——还有那儿。到处都是树。这湿漉漉的东西是雪。哎呀，我们肯定是进入了露西的树林。"

现在毫无疑问了，四个孩子站在冬日的天光下眨巴着眼睛。他们身后是挂在钩子上的毛皮大衣，前面是积雪覆盖的树丛。

彼得立刻转向露西。

"我向你道歉，没有相信你的话，"他说，"对不起。你愿意和我握握手吗？"

"当然。"露西说，跟彼得握了握手。

"那么，"苏珊说，"接下来我们做什么呢？"

"做什么？"彼得说，"嗨，当然是在树林里探险啦。"

"哦！"苏珊跺着脚说，"真冷啊。把这些大衣穿几件在身上怎么样？"

"大衣不是我们的。"彼得犹疑地说。

"我相信不会有人介意的,"苏珊说,"我们并不想把大衣从房子里拿走,甚至不会拿出这个衣柜。"

"这我倒没想过,苏。"彼得说,"既然你这么说,当然没问题。只要把大衣放回衣柜里原来的地方,就没有人会说你是偷的,而且我估计这个国度整个都在衣柜里。"

他们立刻执行苏珊的合理化建议。对他们来说,这些大衣都太大了,穿上以后拖到脚后跟上,看上去不像大衣而像国王穿的大袍子。但是都感觉暖和多了,而且每个人都认为别人穿上新的行头更好看,更适合周围的环境。

"我们可以假装自己是北极探险家。"露西说。

"即使不假装,也肯定够刺激的。"彼得说完,领头朝树林里走去。天空悬着沉甸甸的乌云,看上去天黑前还会下雪。

"我说,"埃德蒙很快便说,"我们是不是靠左一点走呢,我是说,如果想找到那盏路灯的话?"他一时忘记了必须假装以前没进过树林。话一出口,就意识到把自己给暴露了。大家都停住脚步,盯着他看。彼得吹了声口哨。

"这么说，你果然来过，"彼得说，"上次露露说她在这里碰到你——你却说她是在撒谎。"

一片死一般的沉默。"唉，在所有恶毒的小坏蛋中——"彼得说到这里，耸了耸肩，停住了话头。似乎确实没什么可说的了，很快四个人便继续往前赶路。可是埃德蒙暗暗对自己说："我会让你们都为此付出代价，你们这帮骄傲自大、自以为了不起的讨厌鬼。"

"我们到底去哪儿呢？"苏珊说，主要是为了改变话题。

"我认为应该让露露领头，"彼得说，"上帝知道，她有这个资格。露露，你会把我们带到哪儿呢？"

"去看看塔姆努斯先生怎么样？"露西说，"就是我跟你们说过的那个好半羊人。"

大家一致同意，于是欢快地往前走，重重地跺着脚。露西真是个不错的领路人。起初她还担心自己找不到路，但随即这里认出一棵怪模怪样的树，那里认出一个树桩，逐渐地把他们带到那个地面凹凸不平、通向小河谷的地方，终于来到塔姆努斯先生的山洞口。可是一个可怕的意外情况在等待着他们。

山洞的门已经从铰链上扯了下来，摔成了碎片。山洞里黑黢黢、凉飕飕的，感觉有一股潮气，闻起来就像一个好几天没有人住的地方。雪从门口飘进来，堆积在地上，跟一种黑乎乎的东西混在一起，原来是炉火里烧焦的木棍和灰烬。看样子有人把火苗扬得山洞里到处都是，然后又用脚踩灭。陶器砸碎在地上，半羊人父亲的画像被用刀子划成了碎片。

"真叫人失望，"埃德蒙说，"不该来这里的。"

"这是什么？"彼得说着弯下腰去。他注意到一张纸片用钉子穿过地毯钉在地上。

"上面写着字吗？"苏珊问。

"好像是的，"彼得回答，"可是光线太暗，我看不清。我们出去到露天里吧。"

他们来到洞外，围在彼得身边，听他念出下面这些话：

　　该住所的原住民，半羊人塔姆努斯，已因叛国罪被捕,面临审判。他背叛了纳尼亚女王,尊贵的佳蒂丝陛下,凯尔帕拉维尔的女主人,孤独群岛的女皇。该犯涉嫌给女王陛下的敌人提供方便,窝藏间谍,与人类亲善。

  签名:秘密警察队长 毛格利

  女王万岁!

几个孩子面面相觑。

"我不知道我会不会喜欢这个地方。"苏珊说。

"这个女王是谁,露露?"彼得说,"你知道她的情况吗?"

"她根本不是什么真正的女王,"露西回答,"她是个可怕的女巫,白女巫。大家——树林里所有的人——都恨她。她给整个国度施了一个魔法,所以这里永远都是冬天,但从来没有圣诞节。"

"我——我看恐怕没有必要继续探险了。"苏珊说,"我的意思是,这里看起来不是特别安全,而且好像并没多少乐趣。天气越来越冷了,我们也没有带什么吃的。还

是干脆回家吧,好吗?"

"哦,不能,不能。"露西突然说道,"你看不出来吗？出了这样的事,我们不能就这样回家。都是因为我,给可怜的半羊人惹了这样的麻烦。他没有向女巫告发我,还把我送了回去。'给女王的敌人提供方便,与人类亲善'指的就是这个。我们必须想办法把他救出来。"

"我们能有什么办法！"埃德蒙说,"连吃的东西都没有！"

"你给我闭嘴！"彼得说,他仍然很生埃德蒙的气,"苏珊,你怎么看呢？"

"我有一种可怕的感觉,露露是对的。"苏珊说,"我真不愿意再往前迈一步,真后悔,我们不该来。但我认为必须想办法去救那个——他叫什么先生来着,我说的是那个半羊人。"

"我也是这种感觉。"彼得说,"我担心我们没有吃的。我倒是想回去从食品柜里拿点东西,可是一旦离开这个国度,似乎就没有把握再进来了。看来我们只能继续前进。"

"我们也这样想。"两个女孩都说。

"但愿我们知道那个可怜的家伙关在哪里！"彼得说。

他们还在琢磨下一步该做什么，露西突然说道："看！有一只知更鸟，多么红的胸脯啊。它是我在这里见到的第一只鸟。对了！——不知道纳尼亚的鸟儿会不会说话！瞧它的样子，好像要跟我们说些什么呢。"她转向知更鸟，说道，"求求你，能告诉我们半羊人塔姆努斯被带到哪里去了吗？"说完，她朝小鸟走了一步。知更鸟立刻飞走了，但没有飞远，落在了旁边的一棵树上。它栖在枝头，眼睛一眨不眨地看着他们，似乎完全听得懂他们在说什么。四个孩子在不知不觉中朝它靠近了一两步。知更鸟看见了，又扑啦啦地飞到旁边那棵树上，继续不错眼珠地盯着他们。（你再也找不到一只胸脯比它更红、眼睛比它更亮的知更鸟了。）

"知道吗，"露西说，"我真的认为它是想让我们跟着它走呢。"

"我也这么觉得。"苏珊说，"彼得，你看呢？"

"好吧，我们不妨试试看。"彼得回答。

知更鸟似乎完全明白是怎么回事。它不停地从一棵树飞到另一棵树,总是离他们几米远,但就在附近,让他们很容易跟上。它就这样引领着他们前进,走着缓缓的下坡路。知更鸟落在树枝上时,总会抖搂一小片雪花。不一会儿,天空的乌云散去,冬天的太阳露出了面庞,周围的积雪便亮得刺眼了。走了大约半个小时,两个女孩在前面,埃德蒙对彼得说:"如果你不再那么傲慢、高

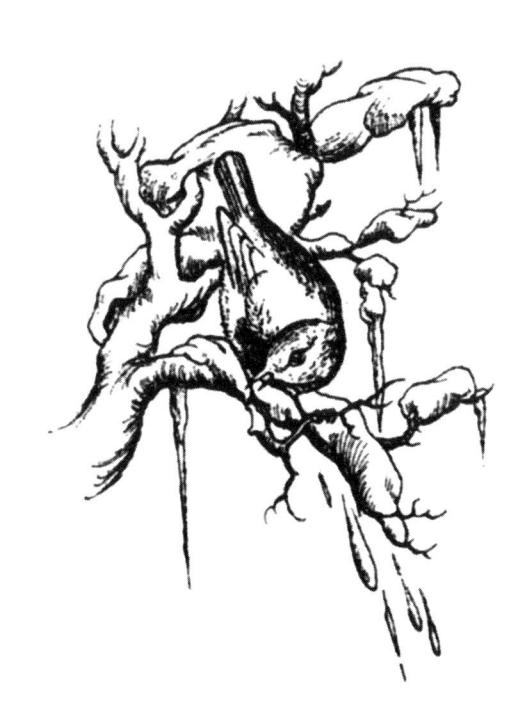

高在上、不肯跟我说话，那么我有件事要告诉你，你最好听一听。"

"什么？"彼得问。

"嘘！别这么大声，"埃德蒙说，"把女孩们吓着了可不好。我问你，你知道我们在做什么吗？"

"什么？"彼得说，声音压低，变成了耳语。

"我们在跟着一个完全不了解的向导。我们怎么知道那只鸟站在哪一边呢？它说不定正把我们引向一个陷阱呢！"

"这么一想倒是很可怕。不过——知更鸟，你知道的。在我读过的所有故事里，它们都是好鸟。我相信知更鸟不会站错立场的。"

"既然说到这个，那么哪一边的立场是正确的呢？我们怎么知道半羊人就是对的，女王（是啊，我知道有人告诉我们她是女巫）就是错的？实际上我们对两方面都一无所知。"

"半羊人救过露西。"

"那是他自己说的。我们怎么能知道呢？还有一点，

有谁知道从这里怎么回家吗?"

"我的天哪!"彼得说,"我倒真没想过。"

"而且根本没希望吃上饭。"埃德蒙说。

第7章 与河狸在一起的日子

两个男孩在后面嘀嘀咕咕的时候,两个女孩突然叫了声"哎哟"并停下了脚步。

"知更鸟!"露西喊道,"知更鸟。它飞走了。"果然——飞得无影无踪。

"现在怎么办呢?"埃德蒙说着,看了彼得一眼,那眼神仿佛是说,"我跟你说什么来着?"

"嘘!快看!"苏珊说。

"什么?"彼得说。

"左边的树丛里有什么东西在动。"

他们都使劲瞪大眼睛看,心里都感到非常不安。

"又动了一下。"苏珊紧接着又说。

"刚才我也看见了。"彼得说,"在那儿。跑到那棵大树后面去了。"

"是什么呀?"露西问,努力让语气不显得害怕。

"不管是什么,"彼得说,"反正在躲着我们,是一个不想被人看见的东西。"

"我们回家吧。"苏珊说。这时,虽然没有人大声说出来,但每个人都突然意识到了上一章结束时埃德蒙小声对彼得说的那个事实。他们不知所措了。

"它是什么样的?"露西说。

"是——是一种动物。"苏珊说,接着,"看!看!快看!在那儿。"

这次大家都看见了,一张毛茸茸、带胡须的脸,从树后面探头探脑地看着他们。但这次它没有立刻把头缩回去。这动物把爪子贴在嘴巴上,就像人类把手指贴在嘴唇上、示意对方安静时那样。然后它又消失了。孩子们都站在那里,屏住呼吸。

片刻之后,这个陌生的家伙从树后面钻出来,四下张望,似乎担心有人在观看,它说了声"嘘",示意他们

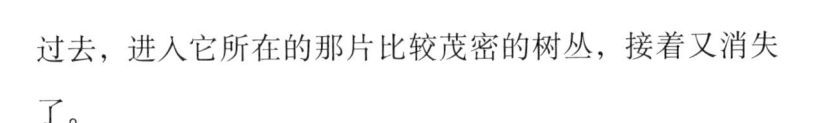

过去，进入它所在的那片比较茂密的树丛，接着又消失了。

"我知道是什么了，"彼得说，"是河狸。我看见了它的尾巴。"

"它想让我们跟它走，"苏珊说，"还提醒我们不要发出声音。"

"我知道。"彼得说，"我们是去还是不去呢？露露，你怎么看？"

"我认为它是一只好河狸。"露西说。

"是啊，可是我们怎么知道呢？"埃德蒙说。

"我们不该冒险试一试吗？"苏珊说，"我的意思是，站在这里发呆也没有用，而且我觉得需要吃饭了。"

就在这时，河狸又把脑袋从树后面探出来，热切地招呼他们。

"走吧，"彼得说，"我们就试试看。大家靠拢一点儿。如果它真是敌人，我们对付一只河狸应该不在话下。"

于是四个孩子靠在一起，朝那棵树走去，然后绕到

树后,果然在这里找到了河狸。但他① 仍然不肯出来,用一种粗哑的喉音低声说:"再往里一点儿,再往里一点儿。到这里面来。在空地上不安全!"

河狸把他们领到一个黑幽幽的地方,四棵树挨得紧紧的,树枝互相交织。因为雪落不进来,所以脚下能看见褐色的土地和松针,这时河狸才说:"你们是亚当之子和夏娃之女吗?"他问。

"是。"彼得说。

"嘘——嘘!"河狸说,"请不要这么大声。在这里我们也不安全。"

"为什么?你怕谁呀?"彼得说,"除了我们,这里没有别人。"

"有树呀。"河狸说,"它们一直在听。大多数的树都是我们这边的,但也有一些树会把我们出卖给她。你们知道我指的是谁。"说到这里,他把头点了几下。

"说到立场问题,"埃德蒙说,"我们怎么知道你是朋

---

① 孩子们一开始以为河狸就是一种普通的动物,所以称呼"it"(它),但后来发现河狸会说话,即改为"he"(他)。

友呢？"

"恕我们冒昧，河狸先生，"彼得加了一句，"但你知道，咱们并不认识。"

"说得对，说得对。"河狸说，"这是我的记号。"说着，递给他们一个白色的小东西。

四个孩子惊讶地看着，露西突然说道："哦，没错。是我的手绢，就是我给可怜的塔姆努斯先生的那块。"

"说得对。"河狸说，"可怜的人，他在被捕前就得到了风声，把这手绢交给了我。他说，如果他有什么不测，我必须在这里跟你碰头，带你去——"说到这里，河狸不出声了，非常神秘地把头点了一两下。然后示意孩子们尽量聚拢在他周围，他们的脸被河狸的胡须扎得直痒痒，他压低声音继续说道——

"他们说阿斯兰开始行动了——也许已经到来。"

这时，一件非常蹊跷的事情发生了。虽然孩子们都跟你一样，不知道阿斯兰是何许人，但河狸这句话刚一出口，每个人都有了一种异样的感觉。也许就跟有时在梦里一样，有人说了一些你听不懂的话，但梦中的你感

觉那些话意义非凡——要么意思很可怕，把整个梦变成了一场噩梦；要么意思很可爱，可爱得难以用语言形容，使你的梦变得那么美妙，一辈子都难以忘记，总是希望能够再次进入那个梦境。现在就是这样。听到阿斯兰这个名字，每个孩子都觉得内心有什么东西在跳动。埃德蒙感到一种神秘的恐惧。彼得突然觉得自己变得勇敢而富有冒险精神。苏珊感到仿佛有一股诱人的气味或一支令人愉快的乐曲从她身边飘过。而露西的那种感觉，就像你早上醒来，意识到刚开始过节，或刚开始放暑假一样。

"塔姆努斯先生怎么办呢？"露西说，"他在哪儿？"

"嘘——"河狸说，"别在这儿说。我必须把你们带到一个能好好说话、还能吃饭的地方。"

现在，除了埃德蒙，每个孩子都毫无保留地相信了河狸，而听到"吃饭"这个词，每个孩子，包括埃德蒙，都感到非常高兴。

于是，他们匆匆跟在这位新朋友后面，河狸在前面领路，步子快得令人吃惊，而且总是走树林里最茂密的地方，走了一个多小时。就在大家都感到很累、很饿时，突然前面的树木开始变得稀少，脚下出现了很陡的下坡路。一分钟后，他们便来到了露天里（太阳依然照耀着），眼前是一派美丽的风光。

他们站在一个陡峭、狭窄的河谷边缘，底部流淌着——如果没有结冰的话，肯定是在流淌——一条宽阔的大河。就在他们下面，有一道横跨河面的堤坝，孩子们一看见它，就突然想起来了，没错，河狸总是喜欢筑堤坝[①]，他们相信这道堤坝就是河狸先生筑的。孩子们还注意到，这时候河狸脸上露出了一副谦虚的表情——就像你参观别人侍弄的花园或读别人写的故事时，别人脸上的神情一样。因此，苏珊完全是出于一般的礼貌说道："多么可爱的堤坝！"这次河狸先生没有说"嘘！"而是说："不值一提！不值一提！其实还没筑完呢！"

堤坝上面本来应该是一个深深的水塘，不用说，现在是一片暗绿色的冰面。堤坝下面很低的地方也有一些

---

① 除了人类，河狸是以自己的建筑对环境产生影响的唯一动物。河狸常常被人们称为"野生世界中的建筑师"。

冰，但不是光滑的，而是凝固成水花和波浪的形状，因为河水刚冲过来就被冻住了。在河水流过堤坝或喷溅在堤坝上的地方，闪烁着一根根数不清的冰柱，似乎堤坝的侧面铺满了纯净的糖霜做的鲜花、花环和彩带。堤坝中央有一个滑稽的小房子，一部分搭在堤坝顶上，形状特别像个巨大的蜂巢，一缕缕青烟从房顶的一个小洞里冒出来，所以你一看见它（特别是当你饥肠辘辘的时候）就会立刻想到烧饭做菜，并感到你的肚子比刚才更饿了。

这是别人注意到的大致情况，埃德蒙还注意到了一点别的东西。大河下游还有一条小河，是从另一道小河谷流淌汇入的。埃德蒙顺着那道河谷往上看，看见两座小山丘，他几乎可以肯定它们就是那天他和白女巫在路灯旁分手时，白女巫指给他看的那两座山丘。他想，在这两座山丘间，肯定坐落着白女巫的宫殿，离这里只有一英里左右。接着他想起了土耳其软糖，想起了当国王的事（"不知道彼得会怎么想？"他问自己。），脑子里便冒出了一些可怕的想法。

"我们到了，"河狸先生说，"看样子河狸太太正等着我们呢。我来领路。小心脚底下，别滑着了。"

堤坝顶部很宽，可以在上面行走，不过（对人类来说）走起来不太舒服，因为表面结满了冰，虽然一侧是与它齐平的冰封的水塘，但另一边却是低处的河流，掉下去可不是玩的。河狸先生领着他们，排成一路纵队，顺着这条路一直走向堤坝中央，从这里往上游和下游都能看出去很远。到了堤坝中央，也就到了河狸家门口。

"我们来了，河狸太太，"河狸先生说，"我找到他们了。这就是亚当和夏娃的儿女——"他们便都走了进去。

露西进屋后，首先注意到的是一种呼呼的声音，她第一眼看见一个慈眉善目的年迈的母河狸，坐在墙角，嘴里咬着一根线，在缝纫机旁忙碌，那呼呼的声音就是从那儿传来的。孩子们一进屋，她就停住手里的活，站起身来。

"你们总算来了！"她说，接着伸出两只皱巴巴的苍老的前爪，"总算来了！没想到我还能活着看到这一天！土豆正煮着，水壶在唱歌，河狸先生，对不起，你给我们抓几条鱼吧。"

"没问题。"河狸先生说完，就出门去了（彼得也跟了出去），从深潭的冰面上走向那个小冰窟窿。河狸先生每天都用他的小斧子把这个窟窿凿开。他们拎着一只桶。河狸先生静静地坐在冰窟窿边（似乎不在乎冰面有多冷），不错眼珠地盯着窟窿。突然，爪子一挥，没等你发出一声惊呼，一条漂亮的鲑鱼就被捞了出来。接着他又如法炮制，捞了一条又一条，最后满载而归。

这时候，两个女孩帮着河狸太太灌满水壶，摆好餐具，切面包，把一盘盘菜端进炉子里加热，从墙角的一个大桶里给河狸先生接了满满一大扎啤酒,然后把煎锅放在火上,把油烧热。露西认为,河狸夫妇的小房子虽然跟塔姆努斯先生家完全不一样,却非常温暖舒服。这里没有书和图画,也没有床,只有砌在墙里的铺位,就像客船上的那样。屋顶上挂着火腿和一串串洋葱,墙边摆着橡胶靴、油皮纸、小斧头、大剪刀、铁锹、泥铲和运灰泥的东西,还有渔竿、渔网和麻袋。桌上铺的布很干净,但十分粗糙。

就在煎锅发出好听嗞嗞声时,彼得和河狸先生带着鱼回来了,河狸先生已经用刀子在露天里把鱼剖开,清理干净了。你可以想象,刚捕捞的鱼被油煎时的气味有多诱人,饥肠辘辘的孩子们又是多么眼巴巴地盼着鱼赶紧煎好,在河狸先生说"马上就出锅了"之前,他们饿得比以前更厉害了。苏珊把土豆控了控水,放回空罐子里晾干,露西帮着河狸太太把鲑鱼盛在盘子里。

短短几分钟后,大家都把自己的板凳(河狸家里都是三条腿板凳,只有河狸太太有自己的一张专用摇椅,放在炉火边)拖向桌子,准备好好地大吃一顿。孩子们

有一大罐全脂牛奶（河狸先生坚持喝他的啤酒），桌子中间放着一大块深黄色的黄油，大家可以把它抹在土豆上，想抹多少抹多少，孩子们都认为——我也同意他们的想法——世上没有任何东西比得上新鲜美味的淡水鱼了，要知道它们半小时前还活着，一分钟前刚出锅，就被你吃在嘴里了。他们吃完了鱼，河狸太太出人意料地从炉子里端出一个辉煌夺目、冒着热气的黏糊糊的大果酱卷，同时把水壶坐在炉火上，这样，他们吃完果酱卷的时候，茶便已经沏好，倒出来就能喝。每个人一杯茶在手时，都把板凳往后推推，使身体靠在墙上，心满意足地长叹一口气。

"好了，"河狸先生说，推开喝空了的啤酒杯，把他的那杯茶拖到跟前，"你们再等我把烟斗点上抽起来——啊，现在可以谈正事了。外面又下雪了，"他说，斜着眼睛看着窗外，"这样更好，因为这意味着不会有客人过来。万一有人想跟踪你们，也不会找到脚印。"

第8章　晚饭后发生的事情

"好了，"露西说，"快告诉我们塔姆努斯先生出了什么事吧。"

"唉，真糟糕。"河狸先生摇着头说，"真是一件非常、非常糟糕的事。他肯定是被警察抓走的。我是听一只亲眼看见此事的小鸟说的。"

"可是他被带到了哪里呢？"露西问。

"唉，最后看见他们的时候，他们正往北去，我们都知道那意味着什么。"

"不，我们不知道。"苏珊说。河狸先生神色非常凝重地摇摇头。

"恐怕这意味着要把他带到那女人的宫殿去了。"他说。

"那么他们会把他怎么样呢，河狸先生？"露西紧张得喘不过气来。

"唉，"河狸先生说，"这可就说不准啦。反正被带进那里面去的人，没有多少活着出来的。都成了雕像。据说到处都是雕像——院子里，楼梯上，大厅里。那女人把人"——他顿住话头，打了个寒战——"变成了石头。"

"可是，河狸先生，"露西说，"我们能不能——我的意思是，我们必须想办法把塔姆努斯先生救出来。那太可怕了，而且都是因为我的缘故。"

"亲爱的，如果你能救他，我相信你肯定会救的，"河狸太太说，"可是如果谁违背那女人的意愿进入宫殿，就根本不可能活着出来。"

"我们不能想一些策略吗？"彼得说，"我是说，能不能化装成什么人，假装是——嗯，小贩子什么的——或瞅准她出门的时候——或者，哦，肯定会有办法的。这个半羊人冒着危险救了我妹妹，河狸先生。我们不能就这样让他——让他——遭受那样的命运。"

"没有用的，亚当之子，"河狸先生说，"别说你了，谁试了都没用。可是现在阿斯兰在行动了——"

"哦，是啊！跟我们说说阿斯兰吧！"几个孩子异口同声地说。因为那种奇怪的感觉——像春天最初的踪迹，像喜讯——又一次袭上他们心头。

"阿斯兰是谁？"苏珊问。

"阿斯兰？"河狸先生说，"怎么，你们不知道？他是国王，是整个树林的君主，可是你们要知道，他并不经常在这里。我这辈子和我父亲这辈子都没见过他。但我们听到传言，说他回来了。目前就在纳尼亚。他肯定会把白女王镇压住的。能够救出塔姆努斯先生的不是你们，而是他。"

"女王不会把他也变成石头吗？"埃德蒙说。

"上帝保佑你，亚当之子，瞧你说得多轻巧！"河狸先生朗声大笑着说，"把他变成石头？如果女王能稳住两个脚跟跟他对视，就算她有种，算我低看她了。不，不。阿斯兰会让一切恢复正常，就像这地方一首古老的歌谣里说的：

  阿斯兰现身，是非得到匡正，

他发出咆哮，痛苦消失无踪，

他露出牙齿，冬季到了尽头，

他抖动鬃毛，春天再次光临。

"等你们看见他就会明白的。"

"我们能看见他吗？"苏珊问。

"哎呀，夏娃之女，我就是为了这个才带你们上这儿来的。我要领你们去见他。"河狸先生说。

"他——他是个男人吗？"露西问。

"阿斯兰是个男人？"河狸先生严厉地说，"当然不是。我告诉你们了，他是树林之王，是远海大帝之子。你们不知道百兽之王是谁吗？阿斯兰是一头狮子——非凡的狮子，了不起的狮子。"

"哟！"苏珊说，"我还以为他是个男人呢。那么他——有危险吗？要跟一头狮子见面，我会感到很紧张的。"

"是的，亲爱的，这是毫无疑问的。"河狸太太说，"如果有谁在阿斯兰面前双腿不打哆嗦，他要么胆量超群，要么就是个傻瓜。"

"那么他有危险吗?"露西说。

"有危险?"河狸先生说,"没听见河狸太太是怎么对你们说的吗?谁说没危险了?他当然有危险。但他是好的。他是国王,听明白了吧。"

"我盼望见到他,"彼得说,"虽然想起来确实有点害怕。"

"这就好,亚当之子。"河狸先生说,砰,把爪子重重砸在桌上,震得杯子盘子嗒嗒作响,"那么你们就去见他。已经派人去通报了,说你们要去见他,如果可能的话,明天在石桌见面。"

"那是什么地方?"露西问。

"我会告诉你们的。"河狸先生说,"顺着大河往下走,离这里不近呢。我带你们过去!"

"可是这会儿可怜的塔姆努斯先生怎么办呢?"露西说。

"要想帮助他,最好的办法就是去见阿斯兰,"河狸先生说,"只要见到阿斯兰,就可以开始行动了。这并不是说我们不需要你们。另一首古老的歌谣里提道:

当亚当的肉和亚当的骨

> 坐上凯尔帕拉维尔的宝座,
> 邪恶时代便将一去不返。

"所以,现在他来了,你们也来了,事情应该快要接近尾声了。我们听说阿斯兰以前来过这片地方——很久以前,谁也说不清是什么时候。但你们人类还从未有人来过这里。"

"这正是我不明白的,河狸先生,"彼得说,"难道女巫不是人类吗?"

"她倒愿意我们相信这一点,"河狸先生说,"而且她正是根据这一点自称为女王的。但她不是夏娃之女。她来自你们的父亲亚当。"——说到这里,河狸先生鞠了一躬——"你们的父亲亚当的第一位妻子,人称莉莉斯[①]的那位。她是妖魔家族的一员。女王的来历就是这样——这是从一方面来说。另一方面,她来自巨人。所以,是啊,女巫身上没有一滴是真正人类的血液。"

---

① 莉莉斯,古代闪族传说中的女妖,常出现在荒凉地带,袭击儿童。希伯来民间传说中亚当的第一个妻子。

"所以她从头到脚坏透了，河狸先生。"河狸太太说。

"非常正确，河狸太太，"他回答道，"关于人类可能有两种观点（无意冒犯在座的各位）。但是对那些像人类而不是人类的家伙，是没有两种观点的。"

"我认识好的矮人。"河狸太太说。

"既然你说到这点，其实我也认识，"她丈夫说，"可是非常稀少，而且都是那些最不像人类的矮人。总的来说，听我一句劝吧，当你碰到一个想当人类却不是人类，或曾经是人类现在不是，或应该是人类然而不是的家伙，最好用眼睛盯住它，并伸手去拿你的小斧子。正因为这样，女巫总是警惕地监视纳尼亚有没有人类出现。她已经守候你们许多年了，如果知道你们有四个人，她肯定会变得更丧心病狂的。"

"这有什么关系呢？"彼得问。

"因为还有一则预言。"河狸先生说，"在凯尔帕拉维尔——就是这条河口的海岸边的那座城堡，如果一切正常的话，它应该是整个国度的首都。在凯尔帕拉维尔有四个宝座，不知从什么时候起，纳尼亚就有一个传说，当两个亚当之子和两个夏娃之女坐在这四个宝座上时，不仅白女巫的统治将会结束，她的生命也完蛋了，所以我们去的时候必须非常谨慎，如果她已经知道了你们四个，你们的小命可就经不起我这胡须一抖啦！"

孩子们都全神贯注地听河狸先生说话，听了很长时间，没有留意其他。河狸先生说完了最后一句话，在那片刻的沉默中，露西突然说道：

"咦——埃德蒙哪儿去了？"

可怕的静默之后，大家七嘴八舌地发问："谁最后看见他的？他失踪多久了？在外面吗？"——然后都冲到门口往外看。鹅毛大雪下个不停，水潭浅绿色的冰面已经被一层厚厚的白色毛毯掩盖，从堤坝中央这座小房子看去，几乎看不到两边的河岸。他们来到屋外，踏着齐脚脖子深的白雪，从各个方向绕着房子转悠。

"埃德蒙！埃德蒙！"他们把嗓子都喊哑了。然而，静静飘落的大雪似乎淹没了他们的声音，听不到一声回音。

"真是太可怕了！"苏珊说，这时他们绝望地回到了

屋里,"哦,真后悔,我们不该来的。"

"到底该怎么办呢,河狸先生?"彼得说。

"怎么办?"河狸先生说,他已经在穿他那双雪地靴了,"怎么办?必须立刻出发。一分钟也不能耽搁!"

"我们最好分成四个搜索队,"彼得说,"往不同的方向去找。不管谁找到他,就立刻回到这里,然后——"

"搜索队?"河狸先生说,"做什么用,亚当之子?"

"哎呀,当然是寻找埃德蒙!"

"找他是没有用的。"河狸先生说。

"什么意思?"苏珊说,"他肯定没走多远。我们必须把他找到。你说找他没有用,这话是什么意思?"

"找他没有用,是因为我们已经知道他去了哪里!"

河狸先生说。

每个人都吃惊地盯着他。"你们还不明白吗?"河狸先生说,"他去找那女人,去找白女巫了。他背叛了我们大家。"

"哦,这怎么可能!"苏珊说,"他不可能做那种事。"

"不可能吗?"河狸先生说,目不转睛地看着三个孩子,他们想说的话都在唇边凝固了,因为每个人都突然由衷地相信埃德蒙确实做了那样的事。

"可是他知道路吗?"彼得说。

"他以前到过这个国度吗?"河狸先生问,"他一个人来过这里吗?"

"来过。"露西用几乎耳语般的声音说,"恐怕是来过的。"

"他有没有跟你说过他做了什么,遇见了什么人?"

"嗯,没有,他没说过。"露西说。

"那就记住我的话吧,"河狸先生说,"他已经见过白女巫,跟她站在一边了,而且知道了白女巫住在哪里。我以前不愿意说(他毕竟是你们的兄弟),可是我打第一眼看见你们那个兄弟,就对自己说'奸诈狡猾'。看他那样子就知道他曾经跟女巫待在一起,吃过她的东西。如果你在纳尼亚住久了就能看得出来。他的眼睛不对劲儿。"

"不管怎么说,"彼得用有点哽咽的声音说,"我们还是要去找他。虽说他更像个小畜生,但毕竟是我们的兄弟,而且,他只是个孩子呀。"

"去女巫的宫殿吗?"河狸先生说,"你还不明白吗?要想救他或救你们自己,唯一的办法就是远远地离开女巫!"

"什么意思?"露西说。

"哎呀,女巫一心只想把你们四个都抓住(她一直想着凯尔帕拉维尔城堡的那四个宝座)。一旦你们四个都进了她的宫殿,她可就大功告成了——没等你们来得及说话,她的收藏品里就又多了四尊雕像。但如果她只抓住了那男孩一个人,就会让他活着,想把他当成诱饵,诱捕你们剩下来的几个人。"

"哦,就没有人能帮帮我们吗?"露西带着哭腔说。

"只有阿斯兰,"河狸先生说,"我们必须赶紧去见

他。现在这是我们唯一的机会了。"

"亲爱的,我认为,"河狸太太说,"弄清他什么时候溜走的非常重要。他能告诉女巫多少情报,取决于他听到了多少。比如,他离开前我们开始谈到阿斯兰了吗?如果没有,那就很好,女巫不会知道阿斯兰已经来到纳尼亚,也不会知道我们要去见他,到时候她就会被搞得措手不及。"

"我不记得我们谈论阿斯兰的时候埃德蒙在这儿——"彼得话没说完,露西打断了他。

"哦,他在,他在,"她难过地说,"你不记得了吗?就是他问女巫会不会把阿斯兰也变成石头的!"

"天哪,确实是的,"彼得说,"那种话正是他嘴里说出来的!"

"糟了,糟了,"河狸先生说,"接下来的问题是,当我告诉你们会见阿斯兰的地点是石桌时,他还在这儿吗?"

当然啦,谁也不知道这个问题的答案。

"如果那时他还在,"河狸先生继续说道,"那么女巫只要乘着雪橇赶往那个方向,守在我们和石桌之间,半道儿上就把我们抓住了。实际上我们再也不可能见到阿斯兰了。"

"可是凭我对女巫的了解，"河狸太太说，"那不是她首先要做的事。她一听埃德蒙说我们都在这儿，肯定会立刻出发，今晚就来抓我们，如果埃德蒙已经去了半小时左右，女巫再过二十分钟就会赶来了。"

"你说得对，河狸太太，"她丈夫说，"我们必须全都离开这儿。没有时间耽搁了。"

第9章 在女巫的宫殿

现在,你肯定想知道埃德蒙怎么样了。他吃了自己那份晚饭,但吃得不很开心,因为心里一直想着土耳其软糖——没有什么比邪恶的魔法食物,更能破坏普通健康食物的美味了。他听了其他人的对话,也觉得没什么意思,因为心里一直想着别人都不理他,把他晾在一边。其实他们没有,都是他自己胡思乱想。接着他听到河狸先生告诉他们阿斯兰的事,听到跟阿斯兰在石桌见面的整个安排。这时候,他开始蹑手蹑脚地朝门帘子下面挪去。因为河狸先生提到阿斯兰,给他带来了一种神秘而可怕的感觉,而带给其他人的却是神秘而喜悦的感觉。

就在河狸先生吟唱亚当的肉和亚当的骨那首歌谣时,

埃德蒙悄悄地、悄悄地转动着门把手。没等河狸先生告诉他们白女巫实际上根本不是人类，而是一半妖魔一半巨人混合而成，埃德蒙就来到外面的雪地上，回身轻手轻脚地关上了房门。

你千万不要以为，埃德蒙现在就已经坏透了，竟然想让自己的哥哥、姐姐和妹妹变成石头。他确实想吃土耳其软糖，想当王子（以后当国王），想报复彼得，因为彼得骂他畜生。他也想过女巫会怎么对付其他人，不愿意女巫对他们特别友善——肯定不能跟对他埃德蒙是一个级别，但他也让自己相信，或假装着相信，女巫不会对他们下什么毒手。"因为，"他对自己说，"说她坏话的人都是她的仇敌，那些话可能一半都不是实情。反正她对我挺好的，比他们好得多。我猜她实际上就是合法的女王。不管怎么说，她肯定比那个可怕的阿斯兰要好！"至少，他在脑海里给自己的所作所为找了这样的借口。这不是一个很好的借口，因为在内心深处，他其实知道白女巫是既邪恶又凶残的。

到了外面，他发现大雪纷飞，首先意识到他把大衣

落在河狸家里了。现在再回去取当然是不可能的。接着，他意识到天光差不多消失了，因为他们坐下来吃饭的时候就差不多三点钟了，而冬季的白天很短。这是他始料未及的，但必须想办法对付。于是他竖起领子，在堤坝顶部（幸好，因为下了雪，地面不是很滑）拖着脚朝河对岸走去。

到了河对岸，情况非常糟糕。天色越来越暗，漫天的雪花飞舞，使他只能勉强看清前面三米之内的东西。而且依然没有路。他经常失足滑进深深的积雪，脚底在结冰的水坑上打滑，顺着陡峭的河岸出溜下去，小腿在岩石上擦破了皮，最后，他衣服湿了，浑身青一块紫一块的，从里到外都冻透了。那种寂静和孤独真让人害怕。实际上，我真的以为他会放弃整个计划，返回去，坦白地承认错误，跟其他人言归于好，可是他这时恰巧对自己说道："如果我当上纳尼亚的国王，要做的第一件事就是修几条像样的路。"不用说，这使他又想起了当国王的前景，想起了他要做的所有其他事情，精神一下子振奋了许多。他在脑海里确定了以后要住什么样的宫殿，拥有多少辆汽车，他的私人影院建成什么样，重要的铁路线经过哪些地方，针对河狸和堤坝要制定哪些法律，……正当他在完善将来控制彼得的一些计划时，天气突然变了。先是雪停住了，接着刮起了狂风，气温越来越寒冷刺骨。最后，天空乌云散去，月亮出来了。是一轮满月，映射在白皑皑的积雪上，把一切照得像白天一样明亮——只是那些阴影令人十分困惑。

他走到另外那条河边，你记得他曾经看见过（他们刚到河狸家那会儿）——那是一条较小的河，汇入下面的那条大河，如果这时候不是月亮出来了，他是无论如何找不到路的。他到了河边，转身顺流而上。可是小河流出的那个小山谷比他刚才离开的地方陡峭得多，而且乱石嶙峋，到处丛生着茂密的灌木，在黑暗中根本无法前进。虽然月光照着，他还是浑身湿透，因为不得不弯腰从树枝下穿行，大团的积雪滑落到他的背上。每次发生这种事，他都在心里恨透了彼得——就好像这都是彼得的过错似的。

终于，来到一个比较平坦的地方，山谷一下子变得

开阔了。在河对岸离他较近的地方，在两座山丘之间的一处平地中央，他看见了白女巫的宫殿。月亮比刚才更亮了。宫殿简直像一座小城堡。似乎有数不清的塔楼。小小的塔楼上带着长长的尖顶，尖得像针一样。看上去就像巨大的舞蹈帽或魔术帽。它们在月光下闪闪发亮，在雪地上投下长长的、看似怪异的影子。埃德蒙开始害怕这座宫殿了。

然而，现在再想返回去已经来不及了。

他穿过结冰的河面，朝宫殿走去。四下里鸦雀无声，没有任何动静。就连自己的脚踏在刚落下的深深积雪中，也没有发出一点声音。他走啊走啊，经过宫殿的一个个拐角，一座座角楼，寻找大门。他要绕一个大圈，走到宫殿的另一边才能找到门。那是一道巨大的拱门，两扇厚重的大铁门敞开着。

埃德蒙悄悄地走到拱门前，朝里面的院子望去，眼前的景象使他的心脏差点儿停止跳动。就在大门里面，在皎洁的月光照耀下，有一头硕大的狮子，它蹲着身子，似乎随时准备一跃而起。埃德蒙站在拱门的阴影里，不敢前进，也不敢后退，两个膝盖不住地打着哆嗦。他在那里站了很长时间，牙齿即使没有因为害怕而打战，也会因为寒冷而打战了。究竟多长时间呢，我不知道，但埃德蒙感觉足有好几个小时。

最后，埃德蒙开始纳闷为什么狮子这样一动不动——自从埃德蒙看见它之后就没有动过。埃德蒙鼓起勇气往前挪动了一点，仍然尽量躲在拱门的阴影里。他

这才从狮子的站姿看出,狮子根本就没有看他。("如果它把脑袋转过来呢?"埃德蒙想。)实际上狮子正盯着另外的东西——一个矮人,他在四英尺开外背对狮子站着。"啊哈!"埃德蒙想,"等狮子扑向矮人时,我就有机会逃跑了。"可是狮子还是一动不动,矮人也没有动弹。这时,埃德蒙终于想起别人说过白女巫把人变成石头的事。也许这只是一头石狮子。这个念头刚冒出来,他就注意到狮子的后背和头顶都覆盖着白雪。没错,肯定只是一座石像! 有生命的动物绝不会让自己身上落满积雪。埃德蒙的心跳得像要爆炸了似的,他壮着胆子,很慢很慢地朝狮子走去。即使这时候他也不敢去摸狮子,但最后还是伸出手,迅速地摸了一下。果然是冰冷的石头。他竟然被一座石像吓了个半死!

埃德蒙顿时感到松了口气,虽然天气寒冷,却从头到脚都突然暖和过来,与此同时,脑子里冒出一个似乎完美无缺的想法。"也许,"他想,"这就是他们都在谈论的狮子大王阿斯兰。女王已经抓住他,把他变成了石像。所以他们关于他的那些美好想法都完蛋了! 呸! 谁会害怕阿斯兰呢？"

他站在那里，得意扬扬地看着石狮子，接着做了一件非常愚蠢和幼稚的事情。他从口袋里掏出一截铅笔头，在狮子的上嘴唇上画了一撮胡子，又在它的眼睛上画了一副眼镜。然后他说："哟，大傻瓜阿斯兰！你变成石头感觉如何呀？你原来以为自己很了不起，是吗？"可是，大石狮子的脸虽然被涂抹了一番，但是它抬头凝望月光的样子看上去还是非常吓人，并且透着忧伤和高贵，所以埃德蒙讥笑它并没有得到任何快乐。他转过身，开始穿过院子。

走到院子中央，他看见周围有几十座石像——零星地散落着，就像一盘棋下到一半时，棋盘上的那些棋子一样。有石头林神、石头狼、石头熊、石头狐狸和石头山猫。有一些漂亮的石像看上去如同女人，实际上是树精。还有一座魁梧的半人半马，一匹带翅膀的飞马，以及一个长长的、体态柔软的动物，埃德蒙以为是一条龙。它们站在清冷而皎洁的月光下，看上去完全像活的一样，却又绝对静止，感觉非常诡异，要穿过这样的院子令人

不寒而栗。院子正中间竖立着一座人形的石像,像一棵树那么高,凶恶的面孔,乱蓬蓬的胡子,右手拿着一根大棒。埃德蒙虽然知道这只是一座石像巨人,没有生命,但也不愿意从它身边经过。

他现在看见了,院子远处的一个门洞里透出昏暗的灯光。他朝灯光走去。有一道石头台阶通向一扇敞开的门。埃德蒙拾级而上。门槛那边躺着一头体格庞大的狼。

"没关系,没关系。"埃德蒙不断地对自己念叨,"只是一头石狼,不会伤害我的。"他抬起腿,想从狼的身上跨过。说时迟那时快,巨狼突然站起,后背上的毛根根竖立,它张开血红色的大嘴,用一种咆哮的声音说道:

"是谁?是谁?站着别动,陌生人,告诉我你是谁。"

"对不起,先生,"埃德蒙浑身发抖,几乎说不出话来,"我叫埃德蒙,是亚当之子,那天女王陛下在树林里遇见过我。我来向她报告消息,我的哥哥、姐姐和妹妹此刻就在纳尼亚——离这里很近,在河狸家。女王——女王说过想见见他们。"

"我去报告女王陛下。"狼说,"现在,你如果想活命，就站在门槛上别动。"说完就闪身进了宫殿。

埃德蒙站在那里等着，手指冻得酸痛，心脏在胸腔里怦怦乱跳，不一会儿，那头灰狼，也就是女巫的秘密警察队长毛格利，蹦跳着回来，说道："进来！进来！你有幸得到女王的青睐——不然就没这么幸运了。"

于是埃德蒙走了进去，非常小心地不要踩到大狼的爪子。

他发现自己来到一个长长的、光线昏暗的大厅，里面有许多柱子，并且像院子里一样竖立着数不清的石像。离门最近的那个石像是一个小小的半羊人，脸上的神情非常忧伤，埃德蒙忍不住猜想是不是露西的那个朋友。大厅里唯一的光源是一盏孤灯，白女巫就坐在灯旁。

"陛下，我来了。"埃德蒙说着，热切地冲上前去。

"你怎敢独自前来？"女巫用吓人的声音说，"我不是告诉过你，要带其他人一起来的吗？"

"对不起，陛下，"埃德蒙说，"我已经尽力了。我把他们带到了离这里很近的地方。就在河上游堤坝顶上的那座小房子里——跟河狸先生和太太在一起。"

女巫脸上慢慢露出一丝残忍的微笑。

"你就带来这么点消息?"她问。

"还有呢,陛下。"埃德蒙说,把他离开河狸家之前听到的话全告诉了女巫。

"什么!阿斯兰?"女王喊道,"阿斯兰!那是真的吗?如果我发现你胆敢跟我说谎——"

"求求你,我只是重复了他们说的话。"埃德蒙结结巴巴地说。

可是女王不再理他,她拍了拍手。立刻,埃德蒙上次看见跟她在一起的那个矮人出现了。

"把我们的雪橇准备好,"女巫下令道,"用那套不带铃铛的索具。"

第10章 咒语开始打破

现在我们必须回到河狸夫妇和另外三个孩子那里。河狸先生刚说了"没有时间可以耽搁",大家便手忙脚乱地穿上大衣,只有河狸太太没有,她把麻袋捡起来摆在桌上,说:"好了,河狸先生,伸手进去把那块火腿拿出来。这里还有一包茶叶,还有糖和几盒火柴。麻烦谁到墙角的瓦罐里拿两三块面包来。"

"你在做什么呀,河狸太太?"苏珊惊讶地问。

"给大家准备干粮呀,亲爱的。"河狸太太非常冷静地说,"你不会认为我们什么吃的也不带就上路吧?"

"可是没有时间了呀!"苏珊一边扣着大衣的纽扣,一边说道,"女巫随时都会来的。"

"我也是这么说。"河狸先生附和道。

"去你的。"他妻子说,"河狸先生,你想想吧,她至少要一刻钟以后才能赶到这里呢。"

"但如果想赶在女巫之前到达石桌,"彼得说,"我们不是需要赶快出发吗?"

"你别忘了,河狸太太,"苏珊说,"女巫来到这里一看,发现我们走了,就会以最快的速度去追的。"

"确实会的。"河狸太太说,"不管怎么做,我们都不可能在她之前赶到那里,她乘雪橇,我们是靠两条腿走。"

"那——就没希望了?"苏珊说。

"好了,别自寻烦恼了,"河狸太太说,"快从抽屉里拿六七条干净手绢。我们还有一线希望。虽然不能在她之前赶到那里,但可以伪装起来,以她想不到的方式潜伏过去,说不定就能成功。"

"非常正确,河狸太太。"丈夫说,"但我们应该赶紧出发了。"

"你也别吵吵嚷嚷了,河狸先生。"妻子说,"给。这样好多了。一共五个包裹,最小的给我们中间最年幼的:

就是你，亲爱的。"她看着露西说道。

"哦，求求你们，快点吧。"露西说。

"好吧，我差不多准备好了。"河狸太太终于回答道，让丈夫帮她穿上雪地靴，"我想缝纫机可能太重，没法带走了吧？"

"没错。"河狸先生说，"实在是太重了。而且，你不会认为我们赶路的时候还能用它吧？"

"一想到那个女巫对它动手动脚,我就受不了,"河狸太太说,"说不定还会把它砸烂、偷走。"

"哦,求求你,求求你,求求你,快点吧!"三个孩子说。终于,他们都来到外面,河狸先生把房门锁好("这会耽搁她一点时间。"他说),然后便出发了,每人肩膀上都扛着个麻袋。

旅途开始时,雪已经停了,月亮露出了面庞。他们排成一路纵队,河狸先生打头,然后是露西、彼得、苏珊,河狸太太排在最后。河狸先生领着他们走过堤坝,来到河的右岸,又顺着岸边树丛间一条非常粗糙的小路往前走。两边都是高耸的山谷峭壁,在月光下闪闪发亮。

"最好尽量在这下面走。"河狸先生说,"她肯定是走上面,因为下面没法跑雪橇。"

如果坐在舒服的扶手椅里,从窗户里往外看,这肯定是一幅美丽的景象。尽管形势严峻,露西一开始也感到赏心悦目。可是他们走啊走啊——不停地往前走,肩头的麻袋越来越重,她便开始担心自己怎么才能跟得上。她不再去看冰封的河面那闪耀夺目的光彩,以及那些结冰的悬瀑，也不再去看那一大片白色的树梢，不再去看天空中那一轮放射出清辉的大月亮，和那些数不清的星星，而只能一门心思地盯着前面河狸先生的小短腿。河狸先生啪嗒啪嗒啪嗒地走在雪地上，似乎永远也不会停住脚步。后来，月亮消失了，天空又开始下雪。

露西实在太累，几乎要睡着了，她一边睡一边赶路，突然发现河狸先生已经偏离右边的河岸，正带领他们顺着陡峭的山坡往上，进入那片最为茂密的丛林。就在她完全清醒过来时，发现河狸先生钻进了河岸上的一个小洞，那个小洞几乎被灌木丛遮得严严实实，你走到它顶上才会发现。

实际上，等露西明白过来是怎么回事时，河狸先生只剩一根扁扁的短尾巴在洞外了。

露西立刻弯下身，跟着河狸先生爬了进去。接着她听见后面传来跌跌撞撞的声音，还有呼哧呼哧的喘气声，不一会儿，他们五个都进来了。

"这是什么地方？"是彼得的声音，在黑暗中听起来疲倦而苍白。（但愿你明白我说一个声音苍白是什么意思。）

"这是困难时期河狸们的一个古老的藏身处，"河狸先生说，"是一个天大的秘密。这地方不太宽敞，但我们必须睡上几个小时。"

"如果出发时你们不是那么着急慌忙地催来催去，我可以带几个枕头来的。"河狸太太说。

这地方甚至比不上塔姆努斯先生那个舒服的山洞，露西想——就是地底下的一个洞，不过倒还干爽，实在。洞很小，大家都躺下来后，看上去就像一些衣服堆在一起。正因为这样，再加上走了那么长的路，全身发热，他们都感到非常暖和舒服。如果洞里的地面再平整一些就更好了！这时，河狸太太摸黑把一个小细颈瓶传递给大家，让每人喝一口——那东西有点呛，使人嗓子里火辣辣的，忍不住咳嗽，但一咽下去，就有一种热乎乎的奇妙感觉，大家很快就睡着了。

露西感觉只是一分钟以后（实际上已经过了好多好多个小时），她醒过来，觉得有点冷，浑身僵硬难受，特别想洗个热水澡。接着感到一些长长的胡须扎着她的面颊，看见寒冷的天光从山洞口透进来。之后，她立刻就清醒了，其他人也是。大家都坐了起来，张大嘴巴，瞪圆眼睛，倾听着一种声音，那正是他们昨夜走路时一直想着（有时候仿佛已经听见）的那种声音。叮叮当当的铃铛声。

河狸先生一听见这声音，就像闪电一样奔出了山洞。也许你认为这样做是非常愚蠢的？露西起初也这么想。但实际上却是十分明智的做法。河狸先生知道他可以在河岸顶上的灌木丛和荆棘丛中爬行而不被看见，他此刻最想看到的就是女巫的雪橇走的哪条路。其他人都坐在山洞里，等待着，疑惑着。等了差不多五分钟。然后听见了把他们吓得够呛的声音。听见了说话声。

"哦，"露西想，"他被看见了。女巫抓住他了！"

让他们大为惊讶的是，片刻之后，却听见河狸先生的声音在洞口外喊他们。

"没事了，"他喊道，"出来吧，河狸太太。出来吧，亚当之子和亚当之女。没关系了！它不是她！"当然啦，这话说得不合语法，但是河狸兴奋的时候就是这样说话的，我说的是在纳尼亚——在我们的世界里，河狸是根

本不说话的。

河狸太太和孩子们慌忙爬出山洞,一个个满身泥土,在日光下眨巴着眼睛,看上去很没有精神,衣冠不整,头发蓬乱,眼睛里睡意未消。

"快来啊!"河狸先生大声喊道,他简直高兴得跳起舞来了,"快来看!这对女巫是一次狠狠的打击!看样子她的力量已经崩溃了。"

"你这话是什么意思,河狸先生?"彼得气喘吁吁地问,他们一起爬上山谷里陡峭的岩壁。

"我没有告诉过你们吗?"河狸先生回答,"她让这里永远是冬天,却从来没有圣诞节!我没有告诉过你们吗?嘿,你们过来看看吧!"

当他们都爬到岩壁顶上时,果然看见了。

是一架雪橇,拉雪橇的驯鹿的挽具上挂着铃铛。但它们比女巫的驯鹿大得多,而且不是白色,是褐色的。雪橇上坐着一个人,大家一看见就知道了他是谁。一个身材魁梧的男人,穿一件鲜红色的大袍子(红得像冬青果一样),兜帽里面镶着毛皮,脸上留着一部白色的大胡子，像泛着泡沫的瀑布一样垂落在胸口。

大家都认识他，虽然你只在纳尼亚看见他的真人，但即使在我们的世界——衣柜门这一边的世界里，你也能看到他的图画，听到他的故事。

不过，当你真的在纳尼亚看见他时，感觉还是完全不一样。我们世界里的圣诞老人的图画，看上去只是滑稽和欢快。而此刻孩子们真的看见他时，却发现根本不是那么回事。他那么大的块头，那么高兴，那么逼真，使孩子们一下子变得非常安静。他们感到很高兴，但同时也很严肃。

"我总算来了。"他说，"她把我关在外面很长时间，但我终于进来了。阿斯兰在行动。女巫的魔法已经日薄西山。"

露西感到内心深处一种喜悦的战栗，这种战栗只有在严肃和安静的时候才会有。

"好了，"圣诞老人说，"给你们分发礼物。有一台新的缝纫机是给你的，河狸太太，比原来那台更好。我经过时会放在你的家里。"

"随您的便吧,先生。"河狸太太行了个屈膝礼,说道,"门锁着呢。"

"门锁和插销都挡不住我。"圣诞老人说,"至于你,河狸先生,你回家后会发现堤坝已经修缮一新,所有的裂缝都堵好了,还安了一个新的水闸门。"

河狸先生高兴极了,嘴巴张得大大的,却发现什么话也说不出来。

"彼得,亚当之子。"圣诞老人说。

"在,先生。"彼得说。

"这些是你的礼物,"圣诞老人说,"是武器,不是玩具。使用它们的日子可能就在眼前。好好地拿着吧。"说着,他递给彼得一个盾牌和一把宝剑。盾牌是银色的,上面刻着一头红色的雄狮,像刚采摘下来的成熟的草莓一样鲜红发亮。宝剑的柄是金色的,剑鞘和佩剑腰带等等一样不缺,大小和重量正适合彼得使用。

彼得接受礼物时沉默而严肃,觉得这份礼物非常厚重。

"苏珊,亚当之女。"圣诞老人说,"这些是给你的。"他递给苏珊一张弓、一个满满的箭袋和一只象牙小号角,"你必须只在特别需要的时候才射箭,"他说,"因为我不想让你在战场上作战。这些箭是百发百中的。这个号角,只要你把它放在嘴唇上吹一吹,那么我想不管你在哪里,都会得到某种帮助的。"

最后圣诞老人说:"露西,亚当之女。"露西走上前去。圣诞老人递给她一个小瓶子,看上去像玻璃做的(但后来人们说是钻石做的),和一把小短剑。

"在这个瓶子里,"圣诞老人说,"是向阳山坡上一种火焰花的汁液做的强身剂。如果你或你的哪位朋友受了伤,只需几滴就能使他恢复健康。短剑是你在最需要的时候防身用的。因为你也不能参加战斗。"

"为什么,先生?"露西说,"我认为——我也说不好,但我认为我还是很勇敢的。"

"问题不在这里。"圣诞老人说,"女人一上战场,场面就变得很难看。好了,"——圣诞老人突然变得不那么严肃了——"这是眼下给你们大家的!"他掏出(我猜是从他背上那个大口袋里,但谁也没有看清)一个大托盘,上面放着五套茶杯和杯托,一碗糖块,一罐奶

油，和一个热气腾腾、嗞嗞作响的大茶壶。

圣诞老人大声喊道："圣诞快乐！真正的国王万岁！"啪的一个响鞭，没等大家明白过来，他和驯鹿、雪橇等就消失得无影无踪了。

彼得刚把宝剑从剑鞘里抽出来，拿给河狸先生看，河狸太太就说："好了，好了！别站在那儿说话，把茶都放凉了。男人就是这样。快过来帮我把托盘端下去，我们吃早饭。幸亏我想着把切面包的刀子带来了。"

于是，他们顺着陡峭的岩壁回到下面的山洞，河狸先生切了几片面包和火腿，做成三明治，河狸太太倒茶，每个人都吃得很开心。可是没等他们吃饱喝足，河狸先生就说：

"时间到，该行动了。"

第11章 阿斯兰在靠近

与此同时,埃德蒙经历了一生中最失望的时刻。矮人去准备雪橇时,他以为女巫会对他好起来,就像第一次相遇时那样。可是女巫什么都没说。最后,埃德蒙鼓起勇气,说道:"求求您,陛下,我可以吃一些土耳其软糖吗?您——您——说过——"女巫回答:"闭嘴,你这傻瓜!"接着她似乎改变了主意,像是自言自语地说:"不过,要是这臭小子半道上昏过去就不好了。"她又拍了拍巴掌,另一个矮人出现了。

"给这个人类拿些吃的喝的。"她说。

矮人走开了,很快端来一个铁碗,里面盛着一些水,还有一个铁盘子,上面放着一大块干巴巴的面包。他令

人作呕地咧嘴一笑，把这些东西放在埃德蒙身边的地上，说：

"给小王子的土耳其软糖。哈！哈！哈！"

"把它端走。"埃德蒙气呼呼地说，"我不想吃干面包。"可是女巫突然转向他，脸上的表情可怕极了，埃德蒙吓得赶紧道歉，开始小口地啃面包，面包太不新鲜了，难以下咽。

"你就知足吧，下次还不知什么时候能再尝到面包呢。"女巫说。

埃德蒙嘴里嚼着面包时，第一个矮人回来了，报告雪橇已经备好。白女巫站起身走了出去，命令埃德蒙跟她一起走。他们来到院子里，雪又开始下了，但女巫毫不理会，吩咐埃德蒙挨着她坐在雪橇上。出发前，她大声唤毛格利，毛格利像一条大狗似的三步两步跳到雪橇旁。

"带上你狼群中身手最敏捷的那个，立刻赶到河狸夫妇家去，"女巫说，"不管见到什么，都给我弄死。如果他们已经走了，就全速赶往石桌，但不要让人看见。隐蔽起来等我。我要走很远的路到西边去，找一个地方过河。你可以在这些人类到达石桌前赶上他们。你知道一旦发现他们该怎么做！"

"听从您的吩咐，女王陛下。"大狼用低吼的声音说，立刻就蹿到黑暗中的雪地里去了，速度跟奔马一样快。几分钟后，他就叫来了另一只狼，跟他一起嗅着河狸夫妇的气味，往堤坝上奔去。当然啦，他们发现房子里空无一人。如果夜里天气一直很好，河狸夫妇和孩子们可就要遭殃了，因为两只狼能循着他们的脚印追过来——十有八九会在他们到达那个山洞前赶上他们。可是现在又下雪了，气味变淡，就连脚印也被掩盖住了。

这时候，矮人挥鞭赶着驯鹿往前走，女巫和埃德蒙乘雪橇驶过那道拱门，一直来到黑暗而寒冷的旷野。这对埃德蒙来说是一次难熬的旅程，因为他没穿大衣。走了不到一刻钟，胸前就被雪花覆盖——很快他就不再试图把雪花抖落了，因为刚抖掉，新的雪花就又堆积起来，而且他感到累极了。不一会儿，他就浑身湿透。哦，他真难受啊！照现在这样看，女巫似乎不打算让他当国王了。埃德蒙曾跟自己说了那么多话，让自己相信女巫是仁慈善良的，跟她站在一边才是正确的立场，如今那些话听起来真是太愚蠢了。此时此刻，他愿意牺牲一切，只要能跟其他人见面——甚至彼得！现在唯一能安慰自己的，就是尽量相信整个这件事都是在做梦，他随时都会醒来。雪橇不停地前进，真是越来越像一场梦了。

即使我写上一页又一页，也写不完那么长的一段旅途。我准备直接跳到第二天早晨雪停之后，他们在日光下疾驰的时候。雪橇仍然不停地赶路，四下里静悄悄的，只有鹿蹄踏雪的簌簌声，和驯鹿挽具发出的吱嘎声。最后，女巫说道："这是什么？停下！"雪橇停住了。

埃德蒙多么希望她能说说早饭的事啊！可是女巫停下另有原因。那边的一棵树下坐着一个快乐的小集体，一只松鼠和他的妻子、孩子，两个林神、一个矮人和一只年迈的犬狐，都围着一张桌子坐在小凳上。埃德蒙看不清他们在吃什么，但味道很诱人，看上去还有冬青叶的装饰，而且他仿佛还看见了类似李子布丁的东西。雪橇停下时，犬狐刚刚站起身，右前爪里端着个玻璃杯，似乎想说些什么。他显然是这个小集体里最年长的。可是当他们看见雪橇停住,看清雪橇里坐的是谁时,脸上的喜悦顿时消失了。松鼠爸爸停住了正要往嘴里送的叉子,一个林神嘴里叼着叉子就僵住了,小松鼠们吓得吱吱乱叫。

"这是什么意思?"女巫问。没有人回答。

"说话,你们这些害虫!"她又说,"难道想让我的矮人用鞭子帮你们找到舌头吗? 这么大吃大喝、这么浪费、这么放纵究竟是什么意思? 这些东西都是从哪儿来的?"

"请听我说,陛下,"犬狐说,"是别人给我们的。请允许我斗胆为陛下您的健康干杯——"

"是谁给你们的?"女巫说。

"圣……圣……圣……圣诞老人。"犬狐结结巴巴地说。

"什么?"女巫咆哮道,嚯地跳下雪橇,三步两步走向那些吓破了胆的动物们,"他没来过这儿! 他不可能来过这儿! 你们好大的胆子——不行。快说你们是在撒谎,那样我还会饶过你们。"

这时,一只小松鼠完全被吓得不知所措。

"他来过——来过——来过！"他吱吱尖叫着说，用小勺子敲打桌面。埃德蒙看见女巫狠狠咬着嘴唇，苍白的面颊上冒出了一滴血。然后女巫举起魔杖。"哦，不要，不要，求求你，不要啊。"埃德蒙喊道，可是他话音没落，女巫就挥动魔杖，那个快乐的小集体立刻变成了一堆动物的石像（其中一个的石头嘴巴里永远插着那把石头叉子），他们围坐在石桌旁，桌上放着石盘子和一块石头李子布丁。

"至于你，"女巫说着，重重地扇了埃德蒙一记耳光，重新爬上雪橇，"给你点教训，看你再敢替密探和叛徒求饶。往前走！"在这个故事里，埃德蒙第一次为自己以外的人感到难过。想到那些小石像将会永远坐在那里，熬过一个个沉寂的白天和黑夜，一年又一年，直到身上爬满青苔，最后就连他们的脸也四分五裂，他感到真是太可怜了。

他们一刻不停地继续往前走。很快，埃德蒙就注意到雪橇驶过溅起的雪花比昨天夜里潮湿得多。同时还感觉到没那么冷了。天色也变得雾蒙蒙的。实际上，每一分钟雾气都在变浓，气温都在变暖。雪橇跑得不像以前那么欢畅了。起初他以为是因为驯鹿累了，但很快发现这不可能是真正的原因。雪橇颠簸得厉害，不住地打滑、摇晃，似乎撞在石头上了。不管矮人怎么挥鞭抽打可怜的驯鹿，行走的速度还是越来越慢。周围还隐约传来一种奇怪的声音，可是在雪橇的颠簸声和矮人呵斥驯鹿的叫声中，埃德蒙听不清那是什么。突然，雪橇一下子被死死卡住，再也没法往前走了。随之而来的是片刻的沉

默。在沉默中，埃德蒙终于能听清另一个声音了。一种陌生而悦耳的、沙沙和嗒嗒的声音——其实也不是特别陌生，他以前听过——但想不起在什么地方听过了！突然，他想起来了。是流水的声音。虽然看不见，但他们周围有许多水流，哗哗，汩汩，冒着泡儿，溅着水花，甚至（在远处）发出隆隆的咆哮声。埃德蒙的心一下子欢跳起来（他不知道是为什么），他意识到严寒终于过去了。在离他们很近的地方，所有的树枝都发出滴答、滴答、滴答的声音。他看着一棵树，发现一大团积雪从树上滑落，他进入纳尼亚之后第一次看见了一棵冷杉树的深绿的本色。然而，他没有时间好好地听、细细地看了，因为女巫说道：

"傻瓜，别坐在那儿瞪眼睛！快下来帮忙。"

埃德蒙当然只能照办。他下车踏进积雪——实际上现在只是半融化的雪泥——开始帮着矮人把雪橇从泥泞的坑里弄出来。最后好不容易弄出来了。矮人对驯鹿非常残忍，硬逼着继续拉雪橇前进，就这样又往前走了一段。积雪真的融化了，这里那里露出了一块块青青的草地。如果你没有像埃德蒙那样长久地目睹一个冰雪世界，便无法想象在一望无际的白色之后，看到这一块块绿色时的那种欢欣快慰。这时雪橇又停住了。

"没办法了，陛下。"矮人说，"在这样的融雪地里，雪橇没法走。"

"那我们只能步行了。"女巫说。

"步行是绝对追不上他们的。"矮人用低吼的声音说，"他们已经领先了那么多。"

"你是我的奴隶还是我的顾问？"女巫说，"照我的吩咐办。把这个人类的双手捆在背后，抓住绳子头。然后拿上你的鞭子。割断驯鹿的挽具。它们自己会找到回家的路。"

矮人照办了。几分钟后，埃德蒙发现自己双手绑在身后，被逼着拼命赶路。脚踩在融雪、泥浆和潮湿的野草上，不断地打滑。每次脚下一滑，矮人就狠狠地骂他，有时还用鞭子抽他。女巫走在矮人身后，不停地说："快点儿！快点儿！"

一片片绿色越来越大，积雪的范围越来越小。越来

越多的树木抖落了身上白雪的衣袍。不一会儿，不管你朝哪儿望，看见的不再是白皑皑的积雪，而是深绿色的冷杉树，或光秃秃的栎树、白桦树和刺榆的黝黑多刺的树枝。随后，雾从白色变成了金色，很快就彻底消散了。一道道柔美的阳光洒在树林的地面，头顶的树梢间可见一片蔚蓝色的天空。

很快，又发生了更加奇妙的事情。他们突然拐了个弯，来到银色白桦树间的一片空地上，埃德蒙看到四面八方都开着小小的黄花——毛茛花。哗哗的流水声更响了。没过多久，他们竟然蹚过了一条小溪。到了对岸，发现雪莲花在生长。

"别管闲事！"矮人看见埃德蒙扭头打量雪莲花，呵斥道，并凶狠地拉了一下绳子。

但是，他当然无法阻止埃德蒙用眼睛看。大约五分钟后，埃德蒙便注意到一棵老树的树根周围开了十几朵番红花——金色、紫色和白色。接着传来一种比流水声更悦耳的声音。就在他们所走的小路旁边，一只鸟儿在树枝上突然啾啾欢叫。不远处的另一只鸟儿发出了恰恰的回音。似乎这是一个信号，立刻四面八方都响起了叽叽喳喳的鸟叫声，真是百鸟齐鸣。不出五分钟，整个树林都响彻了鸟儿的歌声，埃德蒙的眼睛不管朝哪里望，都看见鸟儿或栖落在枝头，或盘旋在天空，或互相追逐，或吵架拌嘴，或用小嘴梳理自己的羽毛。

"快点儿！快点儿！"女巫说。

雾已经彻底消失了。天空变得越来越清澈、蔚蓝，不时有洁白的云团匆匆飘过。在宽阔的林间空地上，报春花在绽放。微风吹来，把摇晃的树枝上的水珠抖落在地，把清凉、芬芳的气息吹拂到旅人的脸上。树木都开始焕发生机。落叶松和白桦树上翠绿欲滴，金链花一片金黄。不一会儿，山毛榉就绽开了它们精致、透明的叶子。走在树下，光线也变成绿色的了。一只蜜蜂在他们行走的路上嗡嗡飞舞。

"这不是融雪，"矮人说着，突然停下脚步，"这是春天。我们怎么办呢？告诉您吧，您的冬天被摧毁了！这是阿斯兰干的。"

"你们如果有谁再提那个名字，"女巫说，"立即处死。"

第12章 彼得的第一场战役

矮人和白女巫说这番话时,在许多英里之外,河狸夫妇和孩子们正在步步走进一个仿佛是奇妙梦境的地方。他们早就把大衣扔下了。此刻已经不再互相感叹"看!一只翠鸟!"或"哎呀,风信子!"或"是什么东西这么香啊?"或"听那只画眉唱得多好听!"他们默默地往前走,尽情品味着这一切,经过一片片温暖的阳光,进入清凉、翠绿的丛林,又来到开阔的、布满苔藓的林间空地,高高的榆树在头顶上撑起绿荫的华盖,然后,他们又走进大片大片茂密的正在开花的红醋栗,在低矮的山楂树间穿行,那浓浓的香味儿简直太醉人了。

他们看见冬天消失,整个树林在短短几小时内就从一月跳到五月时，跟埃德蒙一样感到吃惊。他们并不能（像女巫那样）确定这是阿斯兰来到纳尼亚带来的变化。但他们都知道，是女巫的咒语造成了绵绵不尽的寒冬，因此便都知道，当这神奇的春天到来时，女巫的阴谋肯定出了差错，遇到了大麻烦。看到融雪持续了一段时间，大家都意识到女巫再也不能乘坐她的雪橇了。他们也就不再那么匆匆赶路，而经常停下来休息休息。不用说，他们现在已经很累了，但不是那种心力交瘁的累——只是身体里慢慢产生了一种静静的、恍恍惚惚的感觉，就像在户外度过了劳累的一天之后那样。苏珊一个脚后跟上磨出了一个小泡。

在这之前，他们就离开了大河的水道，因为要去石桌必须往右拐一点（也就是往南拐一点）。本来不该走这条路的，但融雪开始后也没法再走河谷了，因为随着冰雪的融化，河水很快暴涨——变成了浊浪滔天、轰隆隆咆哮的奇妙的洪水——原来那条小路肯定被淹没了。

太阳渐渐西沉，天光泛红，影子拉长，鲜花开始考虑合上它们的花瓣儿。

"已经不远了。"河狸先生说,一边领着他们往山上走,脚下是很厚很厚、带有弹性的青苔(疲倦的脚踩上去非常舒服),周围生长着一些高高的树木,树之间的距离很宽。在这漫长的一天之后继续爬山,他们都累得气喘吁吁,上气不接下气。露西正在琢磨能不能一口气爬到山顶,不需要再停下好好休息一会儿,而就在这时,他们突然就到了山顶,眼前看到了这样的情景。

他们是在一片郁郁葱葱的开阔地,往下看去,四面八方都是无边无际的树林——除了正前方。正前方一直到遥远的东边,是一大片波光粼粼、不断涌动的东西。"天哪!"彼得小声对苏珊说,"是大海!"在这个开阔的山顶中央,就是那个石桌。一大块阴森森的灰石板,下面由四根竖直的石头支撑。石桌看上去非常古老,上面刻着许多古怪的线条和图案,可能是某种未知语言里的字母。你看着它们的时候,会有一种非常奇怪的感觉。接着,他们看见开阔地的一边搭着一个亭子。十分奇妙的亭子——特别是此刻夕阳的余晖照在上面——侧面看上去像一道道金黄的丝缎,一根根红红的绳索,和一枚枚乳白色的帐篷钉。亭子上空的一根杆子上，一面印着红色雄狮的旗子在微风中飘动，风从遥远的大海吹来，轻拂着他们的面庞。

就在他们打量亭子时，突然听见右边传来了音乐声。转身望去，便看见了他们前来寻找的东西。

阿斯兰站在一大群动物的中间，那些动物在他身边围成一个半月形。有树仙女和井仙女（在我们的世界里经常被称为树神和水神），手里拿着带弦的乐器，音乐

声就是从那里发出来的。还有四个魁梧的马人。他们马的部分像巨大的英国农场马，人的部分则像坚毅而美丽的巨人。还有一只独角兽，一头人首公牛，一只鹈鹕，一只老鹰，和一条大野狗。阿斯兰身边站着两只豹子，一只拿着阿斯兰的王冠，另一只举着旗标。

至于阿斯兰，河狸夫妇和孩子们看见他时都不知道该做什么和说什么。没有到过纳尼亚的人，有时候会以为一件事物不可能既善良又吓人。如果孩子们曾经是那样以为的，此刻便消除了成见。他们想看清阿斯兰的脸，却只瞥见金色的鬃毛，和那双高贵、庄严、不怒而威的大眼睛，接着他们发现再盯着他看就会怕得浑身发抖了。

"去吧。"河狸先生压低声音说。

"不，"彼得小声说，"你先去。"

"不，亚当之子走在动物前面。"河狸先生轻声回答。

"苏珊，"彼得悄悄说道，"你怎么样？女士优先。"

"不，你年纪最大。"苏珊轻声说。当然啦，他们越是这样你推我让，就越感到尴尬。

最后，彼得意识到自己义不容辞。他拔出宝剑，举剑行礼，匆匆地对其他人说："快。打起精神。"

然后他走到狮子面前，说道：

"我们来了——阿斯兰。"

"欢迎你，彼得，亚当之子。"阿斯兰说，"欢迎你，苏珊和露西，夏娃之女。欢迎公河狸和母河狸。"

他的声音低沉浑厚，顿时消除了他们内心的紧张不安。他们感到高兴和宁静，觉得站在那儿不说话也不再显得尴尬了。

"怎么不见第四位？"阿斯兰问。

"回禀阿斯兰，他试图背叛我们，加入了白女巫一伙。"河狸先生说。

这时彼得忍不住说道："我也有部分责任，阿斯兰。我跟埃德蒙发了火，我想这促使他走上了邪路。"

阿斯兰既没有原谅彼得，也没有责怪他，只是站在那里，用那双无比坚定的大眼睛看着他。于是大家都觉得无须再说什么了。

"求求你——阿斯兰，"露西说，"能有办法救救埃德蒙吗？"

"肯定要救。"阿斯兰说,"但可能比你们想象的要难。"说完,他又沉默了一段时间。露西一直想着阿斯兰的脸多么高贵、安详和强大,此刻却突然发现他看上去也很忧伤。但紧接着,那种表情便消失了。狮子抖抖鬃毛,拍拍两个爪子("这爪子真吓人,"露西想,"但愿他知道轻抬轻放!"),说道:"现在,准备宴席吧。女士们,把这两个夏娃之女带到亭子里去,好好地伺候她们。"

女孩走后,阿斯兰把他的爪子——虽然轻抬轻放,还是很重——放在彼得肩膀上,说:"来吧,亚当之子,我让你远远地看看你将要当国王的那座城堡。"

彼得仍然手拿宝剑,跟着狮子走到山顶东侧的边沿。眼前是一幅美丽的景象。身后的太阳正在落山。也就是说,他们下面的整个景致都沐浴在暮色中——树林,山丘,河谷,以及像银蛇一般蜿蜒曲折的大河下游。再往前很远很远的地方,是大海,大海再往前是天空,天空布满云彩,在夕阳的映照下正在变成绚丽的玫瑰色。

可是,就在纳尼亚陆地跟大海相连的地方——实际上就是大河的河口——一座小山上有什么东西在闪闪发

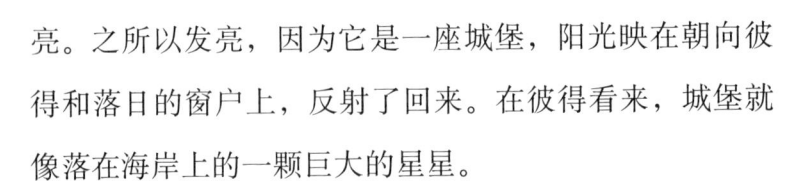

亮。之所以发亮，因为它是一座城堡，阳光映在朝向彼得和落日的窗户上，反射了回来。在彼得看来，城堡就像落在海岸上的一颗巨大的星星。

"人类，那就是有四个宝座的凯尔帕拉维尔城堡，"阿斯兰说，"你将作为国王坐在其中一个宝座上。我指给你看。因为你是长子，将成为地位高于其他人的至尊王。"

彼得还是什么都没说，因为就在这时，一种奇怪的声音突然打破了沉默。听上去像喇叭，但更加浑厚。

"是你妹妹的号角。"阿斯兰用低低的声音对彼得说。他的声音太低了，简直像在呼噜呼噜叫，但认为狮子呼噜呼噜叫是大为不敬的。

彼得一时没有明白。接着便看见所有其他的动物都走上前来，还听见阿斯兰挥舞着爪子说："回去！让王子施展他的本领。"彼得明白了，立刻拔腿拼命地冲向亭子。接着便看见了可怕的一幕。

水神和林神纷纷作鸟兽散。露西飞快地摆动着小短腿朝他跑来，脸白得像纸一样。接着，他看见苏珊拼命冲向一棵树，抓住树枝引体向上，后面跟着一头庞然大

物般的灰色猛兽。

彼得起初以为是一头熊，随即发现它的样子像阿尔萨斯牧羊犬，但块头这么大，不可能是狗。他这才意识到是一只狼——一只靠后腿站立的狼，两个前爪搭在树上，龇牙咧嘴地咆哮着，后背上的毛都竖着。苏珊刚爬到第二根大树枝上，双腿悬挂下来，一只脚离那些大张着的狼牙只有一两寸。彼得不明白她为什么不再爬高点，或至少抓得更牢一些。接着他发现苏珊眼看就要昏过去了，他知道如果真的昏过去，肯定会摔下来的。

彼得没觉得自己勇敢，而是感到快要支撑不住了。但必须做的事情还是要做。他直接冲向那只猛兽，把宝剑对准它的身体侧面刺去。然而没有刺中。恶狼像闪电一样迅疾地转过身，眼睛里冒着火，张开血盆大口，发出愤怒的咆哮。如果它不是这样气愤难耐，不得不咆哮一嗓子，肯定早已一口叼住了彼得的脖子。实际的情况是——事情发生得太快，彼得根本来不及思考——他正好闪身一躲，用全身的力气把宝剑从猛兽的前腿间刺入心脏。

接下来的场面十分恐怖、混乱,就像在噩梦里一样。彼得使劲地又拉又拔,看不出恶狼是死是活,它露在外面的牙齿撞在彼得额头上,到处都是鲜血、热气和狼毛。片刻之后,彼得发现猛兽死了,他把宝剑从它身体里拔了出来,挺直腰杆,擦去脸上和眼睛里的汗水。全身已经一点力气也没有了。

过了会儿,苏珊从树上下来。她和彼得相见,都觉得惊魂未定,我不想否认他们俩有抱头痛哭和热烈亲吻的动作。不过,在纳尼亚,即使你这么做了,别人也不会认为有什么不好。

"快!快!"阿斯兰的声音喊道,"马人!老鹰!我在树丛里又看见一只狼。那儿——就在你们身后。刚逃走。你们快去追它。它是要去找它的女主人。现在你们有机会找到女巫,救出第四位亚当之子了。"周围立刻响起轰隆隆的蹄声和扑啦啦的翅膀拍打声,十几只身手最敏捷的动物消失在越来越浓的夜色中。

彼得仍然上气不接下气,一转身看见阿斯兰就在他身边。

"你忘记清洁你的宝剑了。"阿斯兰说。

是的。彼得看着明晃晃的剑刃,发现上面沾满了狼毛和狼血,不由得红了脸。他弯下腰,在野草上把宝剑擦拭干净,又用衣服把它抹干。

"把它递给我,亚当之子,你跪下吧。"阿斯兰说。彼得照办后,阿斯兰把剑平着敲了敲他,说道:"起身,彼得·沃尔夫-贝恩阁下,不管发生什么事,千万别忘记擦拭你的宝剑。"

第13章 时间起点的神秘魔法

现在必须再回头说说埃德蒙。他被逼着走了很远很远，他都不知道一个人能够走这么多路。最后，女巫终于在一个黑黢黢的山谷里停下了，山谷完全笼罩在冷杉树和紫杉树的浓荫中。埃德蒙扑通瘫倒在地，趴在地上，一动不动，甚至不去想如果他们让他这样静静躺着会怎么样。他实在太累了，都没有心思留意自己有多饿、多渴。女巫和矮人在近旁压低声音说话。

"不行，"矮人说，"现在没有用了，女王陛下。他们肯定已经到了石桌那儿。"

"也许恶狼能嗅到我们的气味，给我们带来消息。"女巫说。

"即使这样,也不会是什么好消息。"矮人说。

"凯尔帕拉维尔城堡有四个宝座。"女巫说,"如果只有三个坐了人呢?那个预言就不会实现。"

"那有什么两样呢?现在他已经来了。"矮人说。即使到了这个节骨眼上,他也不敢对女主人提到阿斯兰的名字。

"他不会久留的。然后——我们就对凯尔的那三个人采取行动。"

"不过,"矮人说,"最好留着这个,"(他踢了踢埃德蒙)"可以跟他们讲条件。"

"没错。看谁想来救他。"女巫轻蔑地说。

"那么,"矮人说,"要做什么,我们最好立刻就去做吧。"

"我愿意在石桌那儿行动。"女巫说,"那个地方合适。以前都是在那里动手的。"

"恐怕要过很长时间之后石桌才能恢复正常使用。"矮人说。

"没错,"女巫说,接着她又说,"好吧,开始行动。"

就在这时,随着一声咆哮,一只恶狼呼啦啦地冲到他们面前。

"我看见他们了。都在石桌那儿,跟他在一起。他们杀死了我的队长毛格利。我藏在丛林里,什么都看见了。是一个亚当之子杀死了它。快逃!快逃!"

"不行,"女巫说,"逃跑是没用的。赶紧走吧。吩咐我所有的臣民火速到此地来见我。召集巨人、狼人,和

这些树上跟我们站在一边的精灵。召集树怪、沼泽精、食人魔和人身牛头怪。召集厉鬼、妖怪、幽灵，和毒蘑菇鬼。我们要去作战。什么？我不是还有魔杖吗？难道他们的队伍涌上来的时候不会变成石头吗？快去吧，你们不在的时候，我这里还有一件小事要处理。"

身形魁梧的野狼点头鞠躬，转过身飞奔而去。

"好了！"女巫说，"我们没有桌子——让我想想。最好靠在一个树干上。"

埃德蒙发现自己被粗暴地拖着站了起来。然后，矮人让他背靠一棵树，把他捆了个结结实实。他看见女巫脱掉了外面的斗篷，露出赤裸的双臂，白得吓人。因为实在太白了，所以埃德蒙能看见它们。除此之外就什么也看不到了，在黑压压树木笼罩的这片山谷里，伸手不见五指。

"把祭品准备好。"女巫说。矮人松开埃德蒙的领口，把衬衫在脖颈处反叠了几下。他抓住埃德蒙的头发，用力把他脑袋往后压，使他不得不抬起下巴。接着埃德蒙听见一种奇怪的声音——呼哧，呼哧——呼哧。他起初不知道是什么声音，后来明白了。是磨刀声。

就在这时，他听见四面八方传来震天动地的喊声——隆隆的蹄声和翅膀拍打的声音——女巫一声尖叫——他周围一片混乱。接着，他发现自己被松了绑。几条强壮的胳膊把他抱住，一个洪亮而亲切的声音说：

"让他躺着——给他点红酒——快喝这个——坚持住——你很快就会好的。"

然后，他听见一些人不是在对他说话，而是互相交谈。他们说的是："谁抓到了女巫？"

"我以为是你抓住她了。"

"我把她手里的刀子打掉后，就没见到她——我去追矮人了——难道说她逃跑了？"

"——一个人不可能同时操心所有的事——那是什么？哦，对不起，一根破树桩！"

就在这个关头，埃德蒙彻底昏了过去。

不一会儿，马人、独角兽、鹿和鸟（不用说，他们是上一章里阿斯兰派出的营救队）便抬着埃德蒙，出发返回石桌了。我想，如果他们能看见离开之后那个山谷

里发生的事，应该会感到很吃惊的。

四下里一片静谧，过了不久，月光更明亮了。如果你当时在场，肯定会看见皎洁的月光照在一个老树桩和一块很大的卵石上。如果你继续盯着看，会渐渐觉得那个树桩和那块卵石都有点儿异样。接着，你会认为那个树桩简直像极了一个胖墩墩的矮人蹲在地上。如果你注视的时间够长，就会看见树桩走到卵石跟前，卵石坐直身子，开始跟树桩说话。实际上，树桩和卵石就是矮人和女巫。她的魔法中有一个本领，能把东西变成另外的模样，刚才刀子脱手的一刹那，她情急生智，变了这个魔法。她一直把魔杖牢牢抓在手里，所以魔杖也保住了。

第二天早晨，另外几个孩子醒过来（他们是睡在亭子里一堆堆软垫子上的），听到的第一个消息——来自河狸太太——就是埃德蒙兄弟得救了，昨天夜里被送到了营地，此刻正与阿斯兰在一起。吃过早饭，他们就都走了出去，果然看见阿斯兰和埃德蒙在洒满露珠的草地上并肩漫步，跟其他朝臣拉开了一段距离。阿斯兰说的话就不需要告诉你了（而且谁都没听见），但埃德蒙一辈子都不会忘记这番谈话。其他人走近时，阿斯兰转过身来迎接，把埃德蒙也带了过来。

"这是你们的兄弟，"他说，"好了——过去的事情就不必再谈了。"

埃德蒙跟他们每个人握了握手，轮流对他们每个人说："对不起。"他们都说："没关系。"每个人都绞尽脑汁想说些什么，表明他们跟他还都是朋友——说一些随意的、自然的话——当然啦，结果谁都没能想出到底该说些什么。不过，没等他们来得及感到尴尬，一只豹子便来到阿斯兰面前，说道：

"陛下，敌方有信使求见。"

"让他过来。"阿斯兰说。

豹子走开，不一会儿，陪同女巫的那个矮人过来了。

"大地之子，你带来了什么口信？"阿斯兰问。

"纳尼亚女王、孤独群岛女皇希望让她安全过来，与您商谈。"矮人说，"谈一件对她和对您都大有好处的事。"

"纳尼亚女王，见鬼！"河狸先生说，"真想得出来——"

"平静，河狸。"阿斯兰说，"很快，所有的名号都将重归其合法的主人。在这期间，我们无须为此争辩。大地之子，告诉你的女主人，我允许她安全前来，条件是要把她的魔杖留在那棵大橡树旁。"

双方达成一致后，阿斯兰派两只豹子跟矮人一起回去，监督女巫不折不扣地履行这些条件。"可是，如果女巫把两只豹子变成石头怎么办呢？"露西悄声对彼得说。我认为豹子心里也产生了同样的想法。反正，当它们离开时，后背上的毛全都竖着，尾巴也翘得高高的，就像猫看见了一只不认识的狗那样。

"不会有事的。"彼得轻声回答，"如果有问题，他就不会派它们去了。"

几分钟后，女巫走出丛林，来到山顶，目不斜视地走过来，站在阿斯兰面前。三个孩子以前没见过她，此刻一看见她的脸，后背上顿时起了一阵战栗。在场的动物们也发出一片低沉的吼叫声。虽然阳光明媚，但每个人都突然觉得寒意袭来。只有两个人看上去镇定自若：阿斯兰和女巫。这两张脸给人的感觉无比怪异——金黄色面庞和惨白色面庞挨得这么近。女巫没有直视阿斯兰的眼睛,河狸太太特别注意到了这点。

"你那里有个叛徒,阿斯兰。"女巫说。不用说,在场的每个人都知道她指的是埃德蒙。可是埃德蒙在经历了那些事情之后,在今天早晨的那场谈话之后,已经不再想着自己了。他只是不错眼珠地看着阿斯兰。对他来说,女巫说些什么根本就不重要。

"是啊,"阿斯兰说,"但他并没有得罪你。"

"你忘记神秘魔法了吗?"女巫问。

"就算我忘记了吧,"阿斯兰严肃地回答,"告诉我们这个神秘魔法吧。"

"告诉你们?"女巫说,声音突然变得尖厉刺耳,"告诉你们写在我们旁边这张石桌上的东西?告诉你们用字母深深镌刻在秘密山丘耐火石上的东西?告诉你们远海大帝的权杖上刻的东西?你至少知道大帝最初设置在纳尼亚的那个魔法吧!你知道每一个叛徒都将成为我合法的猎物,对每一次叛变我都有杀戮的权力。"

"哦,"河狸太太说,"怪不得你幻想自己是个女王

呢——因为你是大帝的刽子手。我明白了。"

"平静，河狸。"阿斯兰用非常低沉浑厚的声音说。

"照此说来，"女巫接着说道，"那个人类是我的。他的生命由我没收。他的血归我所有。"

"那就过来拿吧。"人头牛身兽用隆隆的咆哮声吼道。

"傻瓜，"女巫脸上露出野蛮的笑容，模样简直狰狞，"你真的以为你的主人能凭借武力夺走我的权力吗？他了解秘密魔法，不会存有这样的妄想。他知道如果我得不到法则规定的血，整个纳尼亚都会毁于一旦，在烈火和洪水中灭亡。"

"非常正确，"阿斯兰说，"我不否认。"

"哦，阿斯兰！"苏珊在狮子耳边低语，"千万不能——我是说，你不会的，是吗？就不能改变那个神秘魔法吗？你有没有办法对抗它呢？"

"对抗大帝的魔法？"阿斯兰说着，转向苏珊，脸上似乎皱起了眉头。于是，谁也不敢再对他提这个建议了。

埃德蒙站在阿斯兰的另一侧，一直看着阿斯兰的脸。他有一种窒息的感觉，不知道是否应该说些什么。过了一会儿，他觉得自己不需要做任何事情，只需等待，然后按照吩咐行事。

"你们都往后退，"阿斯兰说，"我要跟女巫单独谈谈。"

大家都照办了。这真是令人揪心的一刻——焦虑，忐忑，那边狮子和女巫压低声音激烈地交谈。露西说了句"哦，埃德蒙！"便哭了起来。彼得背对大家站着，眺望远处的茫茫大海。河狸夫妇互相拉着爪子，垂头而立。马人们不安地跺着蹄子。可是最后，大家都变得非常安静，你甚至能听见一些很细微的声音，比如一只蜜蜂飞过的嗡嗡声，或下面深谷里的鸟叫声，或风吹树叶的沙沙声。而阿斯兰和白女巫的谈话还在继续。

终于他们听见了阿斯兰的声音："你们可以回来了，"他说，"问题已经解决。她宣布放弃索要你们兄弟的血。"

话音刚落，整个山丘上传来一种声音，似乎大家刚才都屏住呼吸，现在才又开始重新喘气，接着便是一片窃窃私语。

女巫脸上带着凶恶而喜悦的神情，刚要转身走开，却又停住脚步，说道："可是我怎么知道这个诺言会不会履行呢？"

"哈——哈——哈！"阿斯兰吼道，从他的宝座上半欠起身，那张吓人的嘴巴越张越大，吼声也越来越响，女巫目瞪口呆地看了一会儿，便拢起裙摆，匆匆地逃走了。

第14章 女巫的胜利

女巫刚走,阿斯兰就说:"我们必须立刻离开这个地方,这里另有他用。我们今晚在贝鲁纳浅滩扎营。"

不用说,大家都特别想问问他跟女巫是怎么商定的,可是他神色那么凝重,而且每个人耳朵里仍然回荡着他的咆哮声,所以谁都不敢问。

在山顶的露天里吃了饭(这时候阳光已经很强烈,烤干了野草),他们就忙着拆除亭子,把东西收拾打包。不到两点钟,大部队就出发了,朝着东北方向前进,大家步履轻松,因为不需要走很远。

刚上路没多久,阿斯兰就向彼得解释了他的行动计划:"几乎可以肯定,女巫在那个地方忙完她的事情之

后,"他说,"会立刻带着手下回到她的宫殿,准备围攻。不知道能不能切断她的道路,阻止她返回宫殿。"

他大致讲了两个作战计划——一个是在树林里迎战女巫和她的队伍,另一个是进攻她的宫殿。阿斯兰一直在教彼得怎样排兵布阵,对他说一些这样的话:"你必须把人马安排在这个位置",或"你必须派人侦察,以防她采取这样的行动"。

最后,彼得说道:"可是您自己也在场呀,阿斯兰。"

"这我可不敢向你保证。"狮子回答。然后继续教彼得调兵遣将。

旅途快要结束时,看见他最多的是苏珊和露西。阿斯兰不怎么说话,她们觉得他看上去神色忧伤。

不到傍晚,他们来到一个河谷变宽、河面开阔、河水较浅的地方。这就是贝鲁纳浅滩,阿斯兰命令队伍停在河的这一侧。可是彼得说:"在对岸扎营不是更好吗——也许她夜里会搞个突袭什么的?"

阿斯兰似乎一直在想别的事情,他抖一抖威武华丽的鬃毛,挺直身子,说道:"什么?你说什么?"

彼得把话又说了一遍。

"不。"阿斯兰用淡淡的口气说,似乎这事无关紧要,"不用。她今晚不会发动进攻的。"说完他深深叹了口气,紧接着又说,"不过你想得很周到。战士就应该这样考虑问题。但这件事其实无所谓。"于是他们继续安营扎寨。

那天晚上,阿斯兰的情绪影响到了每个人。彼得想到要独自指挥战斗,也感到心中不安。阿斯兰可能不在战场的消息令他大为惊讶。那天的晚饭吃得无声无息。大家都觉得这气氛跟昨夜,甚至跟当天早晨都截然不同。就好像美好时光刚刚开始,就已经走向了尾声。

这种情绪对苏珊产生了很大影响,她上床后怎么也睡不着。她躺在那里数羊,辗转反侧了很久,后来听见身旁的露西在黑暗中长叹一口气,翻了个身。

"你也睡不着吗?"苏珊说。

"是啊。"露西说,"我还以为你睡着了呢。唉,苏珊!"

"怎么啦?"

"我有一种非常恐怖的感觉 —— 就好像有什么东西悬在我们头顶上。"

"是吗？说实在的，我也有这种感觉呢。"

"是关于阿斯兰的。"露西说，"要么有什么可怕的事会发生在他身上，要么就是他会做出什么可怕的事。"

"他整个下午都不对劲儿。"苏珊说，"露西！他说不会跟我们一起作战是什么意思？你说，他会不会今天夜里撇下我们偷偷溜走呢？"

"这会儿他在哪里？"露西说，"在这亭子里吗？"

"好像没有。"

"苏珊！我们出去找找吧。也许能看见他呢。"

"好的。走吧。"苏珊说，"反正躺在这里也睡不着，还不如出去看看。"

两个女孩在其他熟睡者中间轻手轻脚地摸索，来到了帐篷外。月光很明亮，四下里静悄悄的，只听见河水在石头上流淌的哗哗声。突然，苏珊一把抓住露西的胳膊，说了声："看！"

在营地的另一边，在树木开始生长的地方，她们看见狮子慢慢走进树丛，就一言不发地跟了过去。

她们跟着狮子离开河谷，爬上陡峭的山坡，然后微微往右一拐——显然就是下午从石桌山过来时走的那条路。狮子继续往前走,进入黑黢黢的暗影,又来到白色的月光下。重重的露水把她们的脚都打湿了。不知怎的,狮子看上去跟她们认识的那个阿斯兰不一样了。尾巴和脑袋都耷拉着,走得很慢,似乎感到非常非常疲倦。接着,当他们穿过一片开阔地,没有阴影可以躲藏时,狮子停住脚步,转过身来。再想逃跑已经没有用了,于是她们朝他走去。到了近前,狮子说道:

"哦,孩子们,孩子们,你们为什么跟着我?"

"我们睡不着。"露西说——然后她明白自己无须再说别的,阿斯兰知道她们一直在想什么。

"求求您,我们可以跟您一起去吗——不管您去哪里?"苏珊问。

"嗯——"阿斯兰说,似乎在思考,然后他说,"今晚我很愿意有人做伴。好吧,你们可以一起去,但必须答应,我叫你们停下时就要停下,之后就让我独自前进。"

"哦,谢谢您,谢谢您。我们会的。"两个女孩说。

他们继续往前走,两个女孩分别走在狮子的两边。

可是狮子走得真慢啊！他高贵、威严的脑袋低垂着，鼻子几乎碰到了野草。不一会儿，他脚步踉跄，发出低低的呻吟。

"阿斯兰！亲爱的阿斯兰！"露西说，"怎么啦？您能告诉我们吗？"

"您病了吗，亲爱的阿斯兰？"苏珊问。

"没有。"阿斯兰说，"我感到悲哀和孤独。把你们的手放在我的鬃毛上，让我感到你们在我身边，我们就这样往前走吧。"

女孩们照办了，如果没有他的允许，她们是绝对不敢的，其实自从第一眼见到狮子，她们就一直渴望着这么做——把冰冷的小手埋在那一大片浓密的美丽鬃毛里，轻轻抚摸，同时跟狮子一起往前走。走了没多久，发现狮子正带着她们攀上石桌所在的那座山丘。他们走的这一侧，树木延伸得最高，走到最后一棵树（它周围有一些灌木丛）时，阿斯兰停住脚步，说道：

"哦，孩子们，孩子们。你们必须在这里停下。不管发生什么，都别让自己被人看见。别了。"

149

两个女孩伤心地哭泣（却并不知道为什么哭），紧紧抱住狮子，亲吻他的鬃毛、他的鼻子、他的爪子和他那双悲哀的大眼睛。然后，狮子转身离开她们，走向山顶。露西和苏珊藏在灌木丛里，目送着他的背影，看到了下面的一幕。

石桌周围站着一大群人，虽然月光皎洁，但许多人都拿着火把，邪恶的红色火焰燃烧着，冒出一股股黑烟。这都是些什么人呀！长着大獠牙的食人魔、野狼、人身牛头怪、恶树和毒草的精灵，还有其他许多怪物，在此我就不一一描述了，因为如果我那么做，可能大人就不让你读这本书了——恶鬼、妖怪、梦魇、幽灵、厉鬼、山妖、精怪、地魔、土孽障和断头精。实际上，女巫那一派的各色人等都到齐了，是恶狼听从女巫吩咐把他们召集来的。在正中间的石桌旁，站着女巫本人。

那些动物看见雄狮朝他们走去，立刻发出惊慌的吼叫和语无伦次的低语，一时间，就连女巫似乎也被恐惧慑住了。但她很快镇定下来，粗野地狂笑了一声。

"傻瓜！"她喊道，"傻瓜来了。把他结结实实地捆起来。"

露西和苏珊屏住呼吸，等着阿斯兰一声咆哮，冲向敌群。然而没有。四个妖怪龇牙咧嘴地狞笑着，一步步逼近他，同时他们又缩手缩脚（一开始的时候），似乎不敢做自己要做的事。

"听见没有，把他捆起来！"白女巫又说了一遍。

妖怪冲到狮子面前，发现他根本不做抵抗，便发出一阵得意的尖叫。其他的人——恶矮人和猿猴，也冲上来帮他们，七手八脚地把魁梧的雄狮掀倒在地，把他的四个爪子捆在一起，他们又是大叫又是欢呼，似乎做了一件英勇的事，实际上如果狮子愿意的话，只用一个爪

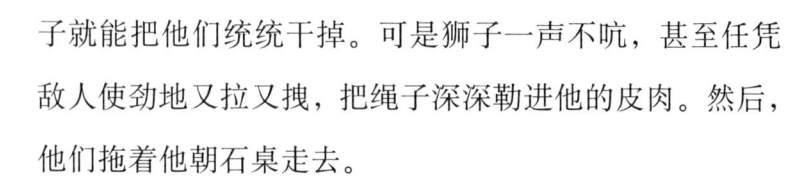

子就能把他们统统干掉。可是狮子一声不吭，甚至任凭敌人使劲地又拉又拽，把绳子深深勒进他的皮肉。然后，他们拖着他朝石桌走去。

"停！"女巫说，"先把他的胡子剪掉。"

她的爪牙们又发出一阵歹毒的狂笑，一个食人魔拿着一把大剪刀走上前，蹲在阿斯兰的脑袋边。咔嚓，咔嚓，咔嚓，一簇簇卷曲的、金黄色的狮子毛被剪落到地上。然后食人魔退到一边。苏珊和露西从她们的藏身处看见，阿斯兰的脸没有了鬃毛，看上去小了许多，跟以前完全不一样了。敌人也看到了这个变化。

"哎呀，原来他只是一只大猫！"有人喊道。

"难道我们害怕的就是这玩意儿？"另一个说。

他们把阿斯兰团团包围，讽刺讥笑他，嘴里说着："猫咪，猫咪！可怜的小猫咪！""你今天抓了几只老鼠啊，猫儿？"和"来一盘牛奶喝喝怎么样，咪咪？"

"哦，他们怎么能这样？"露西说，眼泪顺着她的面颊流下来，"畜生，畜生！"最初的震惊过去后，阿斯兰那张被剪了毛的脸在她看来比以前更勇敢、更美丽也更

慈悲了。

"给他戴上口套！"女巫说。即使现在，当他们在狮子脸旁给他戴口套时，他只要张嘴一咬，就能咬掉他们两三个人的手爪。可是他始终一动不动。这似乎激怒了那些乌合之众。现在他们都来欺辱他了。那些在他被捆绑后仍不敢靠近他的家伙，也似乎找到了勇气，在那几分钟里，两个女孩根本看不见他了——他被里三层外三层地围在中间，那些妖魔鬼怪都在踢他、打他，朝他吐口水，讥笑挖苦他。

最后，暴徒们总算发泄够了。他们把被捆绑的、戴了口套的狮子拖向石桌，有的在前面拉，有的在后面推。他的块头实在太大了，到了石桌跟前，他们费了九牛二虎之力才把他弄到桌面上。接着又用绳子把他反复地捆了又捆。

"胆小鬼！胆小鬼！"苏珊哭着说，"到了现在，他们还在怕他吗？"

阿斯兰被五花大绑在石桌上（身上只见一大堆绳子），人群里突然沉默下来。四个妖怪举着四根火把，分别站在石桌的四个角上。女巫袒露出她的胳膊,就像前一天夜里那样,不过当时在她面前的不是阿斯兰而是埃德蒙。然后她开始磨刀。火把的光映在女巫的刀上,孩子们觉得那刀似乎不是钢的,而是石头做的,形状也透着怪异和邪恶。

最后,女巫走到近前,站在阿斯兰的脑袋边。她激动得面孔不断抽动,而狮子抬头望着天空,仍然一声不吭,既没有愤怒也没有害怕,只是有点儿忧伤。女巫在挥刀砍杀前,弯下身,用颤抖的声音说:

"现在是谁赢了呢?傻瓜,你以为这样就能救得了那个人类叛徒?现在我要按照我们的协议,让你替他去死,满足神秘魔法的要求。可是你死了以后,还有什么能阻止我把他也干掉呢?到那时候,还有谁能把他从我手里夺走?明白了吧,你把纳尼亚永远交给了我,你失去了自己的生命,也没能救得了他。你知道了这一点,现在绝望吧,赴死吧。"

孩子们没有看到行刑的那一幕。她们不敢看,都把眼睛捂上了。

第15章 时间起点前的神秘魔法

两个女孩蹲在灌木丛里,用手捂住脸,只听女巫的声音在大喊:"好了! 都跟我走,去把这场战争打完! 现在那个大傻瓜、大猫已经死了,用不了多久我们就能把人类害虫和叛徒统统消灭。"

在那几秒钟里,孩子们的处境非常危险。随着狂野的喊叫声、风笛声和刺耳的号角声,那些邪恶的乌合之众浩浩荡荡地离开山顶,冲下山坡,正好经过她们的藏身之处。她们感觉到幽灵像一股阴风一样从身边掠过,还感觉到大地在人身牛头怪的奔踏下颤抖。头顶上空,一大片龌龊的翅膀在扇动,乌泱泱的鹰隼和巨型蝙蝠漫天飞过。换了别的时候,她们肯定会吓得浑身发抖,可是此刻一心只为阿斯兰的死悲哀、惋惜和震惊，根本顾不上害怕了。

树林里恢复寂静后，苏珊和露西爬出灌木丛，来到开阔的山顶。月亮正在降落，淡淡的薄云从它前面掠过，但她们仍能看见狮子被捆绑的遗体。她们双双跪在湿漉漉的草地上，亲吻他冰冷的面庞，抚摸他美丽的鬃毛——所剩无几的鬃毛——一直哭到哭不动为止。然后她们看着对方，因为孤单而拉起对方的手，又哭了起来。之后又是沉默。最后，露西说道："看着那个可怕的口套我就受不了。不知道能不能把它取下来。"

说干就干。费了好一番工夫（她们的手指冻僵了，而且正是夜里最黑暗的时候），终于成功了。她们看见摘了口套的狮子脸庞时，忍不住又放声大哭起来，一遍遍地亲吻，抚摸，尽量擦去上面的鲜血和白沫。那场面太凄凉、悲惨和可怕了，我不知道该如何描述。

"我们能不能把绳子也给他解开呢？"苏珊接着说道。可是那些敌人出于刻骨的仇恨，把绳子勒得太紧，两个女孩没办法解开绳结。

我不希望本书的读者遭遇过那天夜里苏珊和露西那样悲惨的经历，但如果你遭遇过——如果你也曾整夜不睡，哭干了眼泪——就会知道最后感到的是一种平静。你觉得似乎不可能再发生什么事了。反正两个女孩是这样的感受。时间在这种死寂般的平静中过了很久很久，她们几乎没有发现身上越来越冷。最后露西注意到了另外两件事。一是山丘东边的天空不像一小时前那么黑了，二是脚下的草丛里有一些细微的动静。起初她对此不感兴趣。这有什么大不了的呢？现在什么都不重要了！可是后来她看见那些东西开始往支撑石桌的垂直石块上爬。接着那些东西在阿斯兰的尸体上跑来跑去。她凑近细看。是一些灰色的小东西。

"呸！"苏珊在石桌的另一边说，"真可恶！讨厌的小田鼠在他身上乱爬。走开，你们这些小畜生！"她举起手，想把它们吓跑。

"等等！"露西说，她凑得更近地打量它们，"你能看见它们在做什么吗？"

两个女孩俯下身，瞪大眼睛看。

"天哪——"苏珊说,"多奇怪呀!它们在啃那些绳子!"

"我刚才也是这么想的。"露西说,"我认为它们是好田鼠。可怜的小家伙们还不知道他已经死了。以为给他松了绑就能有帮助呢。"

天色明显亮了。两个女孩这才注意到对方的脸色多么苍白。她们看见田鼠在啃绳子。几十只甚至几百只小田鼠。终于,绳子一根接一根地被啃断了。

东方的天际已经露出了鱼肚白,星星的颜色变淡了——只有一颗非常大的星星低悬在东边的地平线上。好冷啊,一整夜都没感到这么冷过。那些田鼠又全都跑走了。

女孩们把被啃断的绳子拿开。没有了它们,阿斯兰看上去比较像他自己了。光线越来越亮,她们看得越来越清楚,他那张死去的脸庞显得越发高贵了。

在身后的树林里,一只鸟儿发出咕咕的叫声。经过这么长时间的沉寂之后,这声鸟叫把她们吓了一跳。另一只鸟传出了回应。不一会儿,到处都有鸟儿在欢唱了。

毫无疑问，现在已经是清晨，而不是深夜了。"我真冷啊。"露西说。

"我也是。"苏珊说，"我们走动走动吧。"

她们往东走到山顶边，往下看去。那颗孤立的大星星几乎已经消失了。景色看上去灰蒙蒙的，可是远处，在世界的尽头，大海泛着白光。天空开始变为红色。在阿斯兰的尸体和山顶东端之间，她们来来回回走了不知多少趟，想让身体暖和一些，唉，腿真累啊。最后，她们停下来，远眺大海和凯尔帕拉维尔城堡（现在勉强能看清了），海天相连处的红色变成金色，太阳慢慢地露出了它的一点边缘。就在这时，她们听见身后传来一个惊天动地的声音——巨大的爆裂声，好像巨人砸碎了一个巨大的盘子。

"那是什么？"露西说，紧紧抓住苏珊的胳膊。

"我——我不敢转身，"苏珊说，"正在发生可怕的事情。"

"他们在用更可怕的方式迫害他。"露西说，"快！"她转过身，并拉着苏珊一起转过来。

纳尼亚传奇

初升的太阳使一切都变得焕然一新——所有的色彩和光影都变了,一时间她们没有看见那件重要的事。接着便看见了。一道巨大的裂缝贯穿石桌,使它裂成了两半。阿斯兰不见了。

"哦,哦,哦!"两个女孩喊道,赶忙向石桌跑去。

"哦,太过分了,"露西哭着说,"他们连尸体也不放过吗?"

"这是谁干的?"苏珊大声说,"怎么回事?是魔法吗?"

"是的!"她们身后一个洪亮的声音说,"比魔法还

要神奇。"她们扭过头。那在阳光下通体闪亮的,正是阿斯兰。他抖动着鬃毛(似乎全都又长出来了),身形比她们以前看到的还要魁梧。

"哦,阿斯兰!"两个女孩喊道,瞪大眼睛看着他,又喜悦又害怕。

"你没有死吗,亲爱的阿斯兰?"露西说。

"现在活了。"阿斯兰说。

"你不是——不是——?"苏珊用颤抖的声音问。她没有勇气说出"鬼魂"这个字眼。阿斯兰垂下金灿灿的头颅,舔了舔她的额头。他热乎乎的气息,和留存在鬃毛里的一股浓烈的气味,朝苏珊扑面而来。

"我像吗?"他说。

"哦,你是真的,你是真的!哦,阿斯兰!"露西喊道。两个女孩扑到他身上,一个劲儿地亲吻他。

"可是这究竟是怎么回事呀?"待平静一些后,苏珊问道。

"是这么回事,"阿斯兰说,"女巫虽然知道神秘魔法,但是有一个更加神秘的魔法她不知道。她所了解的仅追溯到时间的起点。如果她能再往前追溯一点，回到时间起点之前的静默和黑暗时代，就能读到一个不同的说法。她就会知道，如果一个没有背叛行为的人自愿替一个叛徒赴死，石桌就会裂开，死亡就会开始逆转。现在——"

"太好了。现在怎么样呢？"露西说，拍着巴掌蹦着高儿。

"哦，孩子们，"狮子说，"我感到我的力气又回来了。哦，孩子们，尽量跟上我吧！"他停了一会儿，用尾巴拍打着自己，眼睛炯炯发亮，肢体在颤抖。然后，他飞身一跃，从她们的头顶掠过，落在石桌的另一边。露西哈哈大笑，却不知道自己在笑什么，她跌跌撞撞地跑去追他。阿斯兰又是一跳。一场疯狂的追逐开始了。他领着她们在山顶跑了一圈又一圈，忽而远得孩子们根本挨不上，忽而差一点就能揪住他的尾巴，忽而他又冲到她们俩中间，忽而用他天鹅绒般美丽松软的大爪子把她们抛向空中又接住。他还突然出人意料地刹住脚步，他们三个便滚作一团，分不清哪是狮子毛，哪是胳膊和腿，只听见一片快乐的大笑。真想不到纳尼亚还会有这样痛

快的嬉笑玩闹。露西怎么也没法判断她是在跟雷电玩耍，还是在陪一只小猫嬉戏。奇怪的是，当他们三个终于气喘吁吁地躺在阳光下时，两个女孩一点儿也不感到疲倦和饥渴了。

"好了，"阿斯兰很快便说道，"言归正传。我觉得我要咆哮了。你们最好用手指把耳朵堵上。"

她们照办了。阿斯兰站了起来，当他张开嘴巴吼叫时，面容变得可怕极了，她们都不敢朝他看。只见他面前的树木都在他的吼声中弯下了腰，就像牧场上的青草被狂风吹弯了腰那样。然后他说："我们要走很长的路。你们必须骑在我背上。"说着他俯下身，两个女孩爬到了他暖乎乎、金灿灿的背上。苏珊坐在前面，牢牢地抓住他的鬃毛，露西坐在后面，牢牢地抓住苏珊。狮子驮着她们站起来，迈步出发，比任何马跑得都快，直奔山下茂密的树林。

骑着狮子赶路，这大概是她们在纳尼亚遇到的最美妙的事了。你骑马奔跑过吗？试着回想那个情景，然后去除沉重的马蹄声和笼头的叮当声，幻想一下大爪子几乎无声地踏在地上。再想象你的身下不是黑色、灰色或枣红色的马背，而是华丽的鬃毛在风中飘舞。接着想象你的速度比最快的赛马还要快一倍。而且这个坐骑不需要你指挥，也永不会疲倦。他不停地往前冲啊冲，脚下从不打滑，目标从不迟疑，娴熟地在树干间游走穿行，越过灌木丛、荆棘和小溪，蹚过宽阔的水流，游过大河。你不是骑着狮子行走在马路、公园，甚至丘陵地带，而是横穿纳尼亚，在美丽的春天，跑过庄严的山毛榉大道，穿过栎树间的空地，奔过结满雪白色浆果的野果树园，经过轰鸣的瀑布、布满青苔的岩石，和有回音的山洞，跑上点缀着金雀花丛的迎风的山坡，越过生长着欧石南的山肩，顺着令人头晕的山脊往下、往下，重新进入荒野的山谷，又来到开满蓝花花儿的辽阔旷野。

差不多中午的时候，她们发现陡峭的山坡下面是一座城堡——从她们站的地方看去，像是一座小小的玩具城堡——有数不清的带尖顶的塔楼。狮子以飞快的速度奔下山去，城堡便越来越大，没等她们来得及纳闷它是什么，就已经跟它在一个高度上了。此刻，它看上去不

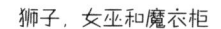

再像玩具城堡，而是阴森森地耸立在她们面前。墙垛上不见人影，大门紧紧关闭。阿斯兰丝毫没有放慢脚步，像子弹一样径直朝它冲去。

"女巫的老窝！"他喊道，"孩子们，抓牢了。"

接下来的一刻，整个世界似乎颠倒了过来，孩子们感觉自己的五脏六腑都被丢在了身后，因为狮子聚集起全部的力量，完成了前所未有的冲天一跃——你可以称之为飞翔，而不是跳跃——凌空越过了城堡的墙。两个女孩喘不过气来，但毫发未损，从他的背上滚落下来，置身于一个宽阔的石头院子中央，院子里立着数不清的石像。

第16章 石像的遭遇

"一个多么不同寻常的地方啊!"露西大声说道,"那么多石头动物——还有人!简直——简直像个展览馆。"

"嘘,"苏珊说,"阿斯兰正在做一件事。"

果然如此。他蹿到石狮子跟前,对着它吹了口气。然后一刻不停地转过身——就像一只追着自己尾巴转圈儿的猫——朝几英尺开外那只背对石狮而立(你肯定还记得)的石头矮人也吹了口气。接着他扑向站在矮人后面的一个高大的石头林神,又迅速往旁边一转,去对付他右边的一只石头野兔,随即朝两个马人冲去。就在这时,露西说道:

"哦,苏珊!看!快看那头狮子。"

我猜，你肯定见过有人用火柴去点竖在没生火的炉栅里的一张报纸。一开始，似乎并没有任何异常。接着你注意到一道细细的火焰顺着报纸边缘游走。现在就是这种情景。阿斯兰对石狮子吹过气之后，一开始它看上去跟以前没什么两样。不久，一道细细的金色出现在它白色的大理石后背上并且渐渐蔓延——金色似乎在舔舐它的全身，就像火焰舔舐那一整张报纸一样——随后，虽然石狮子的臀部和后腿看上去仍是石头，但它抖抖鬃毛，那些厚重的石头褶皱便活动起来，变成了真正的狮毛。然后它张开热乎乎的、有血有肉的红色大嘴，打了一个惊人的大哈欠。它的后腿也恢复了生命。它抬起一条后腿给自己挠痒痒。这时它看见了阿斯兰，立刻追了过去，在他身边绕着圈撒欢儿，嘴里发出喜悦的呜咽，并跳起来舔他的脸。

两个女孩当然用目光追随着狮子，可是眼前的情景太奇妙了，她们很快就把狮子忘到了脑后。到处可见石像在恢复生命。院子不再像一个展览馆，而更像动物园。动物们追着阿斯兰跑，围在他身边跳舞，后来他被围得几乎看不见了。院子不再是一片没有生机的白色，而是五颜六色，绚丽夺目。马人光亮的枣红色身体，独角兽靛蓝色的犄角，鸟儿五彩绚烂的羽毛，狐狸、狗和萨梯①的红棕色皮毛，以及矮人的黄色长筒袜和鲜红色兜帽。还有银色的桦树仙女，透明的、绿莹莹的山毛榉仙女，和翠绿翠绿、隐约泛着嫩黄的落叶松仙女。这地方不再是一片死寂，而是充满了欢声笑语，咆哮声，吼叫声，咩咩声，哞哞声，汪汪声，咕咕声，马嘶声，踏蹄声，欢叫声，唱歌声，不绝于耳。

"哦！"苏珊用一种异样的语气说道，"看！这会不会——我的意思是，这有危险吗？"

露西一看，阿斯兰刚对着石头巨人的双脚吹了口气。

"没关系！"阿斯兰欢快地喊道，"只要把脚弄好了，他身体的其他部分也会跟上的。"

"我其实不是那个意思。"苏珊小声对露西说。但即使阿斯兰听见她的话，也来不及再做什么了。变化已经

---

① 萨梯，希腊神话中半人半羊的森林之神。

顺着巨人的双腿往上蔓延。他在活动自己的脚。片刻之后,他便举起肩膀上的木棒,揉了揉眼睛,说道:"天哪! 我肯定是睡着了。嘿! 那个在地上跑来跑去的该死的小女巫哪儿去了? 刚才就在我脚边的。"大家高声嚷嚷着向他解释是怎么回事,巨人把一只手拢在耳边,让他们又说了一遍,才终于听明白了。他深深地鞠躬,脑袋垂下来跟一个干草垛差不多高,一遍遍地朝阿斯兰脱帽致谢,憨厚丑陋的脸上满是笑容。(在如今的英格兰,各个种类的巨人都很稀罕,好脾气的巨人更是少之又少,所以你可能从未见过一个笑容满面的巨人。那实在是值得一看的奇观。)

"现在进入宫殿!"阿斯兰说,"各位,打起精神来。楼上,楼下,那个女人的卧室,都要仔细搜查,别放过一个角落。天知道一些可怜的囚犯会被藏在哪里。"

他们浩浩荡荡地冲进城堡,在那几分钟里,这座阴森恐怖、生锈发霉的古城堡里回荡着窗户打开的声音和人们喊叫的声音,大家七嘴八舌地嚷着:"别忘了地牢——帮我来对付一下这扇门!"

"这里又是一道旋转小楼梯——哦，天哪！有一只可怜的袋鼠。"

"把阿斯兰叫来——"

"呸！这地方臭死了——看看有没有活板门——"

"在那上面！平台上还有一大帮！"

最精彩的一幕是露西跑上楼梯，大声喊道："阿斯兰！阿斯兰！我找到塔姆努斯先生了。哦，您快来呀！"

片刻之后，露西和小半羊人互相拉着手，高兴地转着圈儿跳舞。小家伙变成石像后倒也没什么变化，当然啦，他对露西告诉他的一切都非常感兴趣。

最后，对女巫堡垒的搜查终于结束了。城堡空荡荡地矗立在那儿，门窗大开，阳光和春天的甜美气息涌进所有黑暗和邪恶的角落，它们是多么需要这样的洗礼啊。被解救的雕像们纷纷涌回到院子里。这时，有人（我认为是塔姆努斯）首先说道："可是我们怎么出去呢？"

因为阿斯兰刚才是跳进来的，大门仍然锁着。

"那没关系。"阿斯兰说。他靠后腿直立，挺起前身，对着巨人大喊："喂！上面那位，"他吼道，"你叫什么名字？"

"回禀阁下,我叫巨人伦波布芬。"巨人说着,又用手碰了碰帽子。

"那么,巨人伦波布芬,"阿斯兰说,"带我们离开这里,好吗?"

"没问题,愿意效劳。不胜荣幸。"巨人伦波布芬说,"你们这些小家伙,从大门旁躲开。"他自己三步两步走到大门前,用那根大粗棒子砸门,砰——砰——砰。第一棒下去,大门吱嘎作响;第二棒下去,大门裂开了缝;第三棒下去,大门颤抖摇晃。然后他又去砸大门两边的高塔,砰砰砰,砸得碎石崩落,几分钟后,两座高塔和两侧很大一部分墙体便轰然倒塌,变成一堆无用的瓦砾。灰尘散去,人们站在阴森、荒凉的石头院子里,透过这个豁口看见外面青翠的草地、摇曳的树木、林子里波光粼粼的小溪,以及远处的青山和更远处的天空,不由得产生一种异样的感觉。

"见鬼,出了一身的汗。"巨人说,喘气声像一台最大的火车发动机,"缺乏锻炼了。你们两位小姐都没带着手绢之类的东西吧?"

"有，我有。"露西说。她踮着脚尖，把手绢尽量往上递去。

"谢谢你，小姐。"巨人伦波布芬说着，弯下腰来。突然露西吓得心惊肉跳，因为她发现自己被巨人的两个手指捏到了半空中。就在她靠近巨人的脸庞时，巨人吓了一跳，把她轻轻放回地面，嘟囔道："天哪！我竟然把小姑娘捡起来了。对不起，小姐，我还以为你是手绢呢！"

"不是，不是，"露西笑着说，"手绢在这里！"这次巨人总算拿到了，可是这手绢在他手里，就像一粒糖丸在手里一样。

露西看到他一本正经地用手绢来回擦拭他巨大的红脸膛时，便说："恐怕这对你没什么用呢，伦波布芬先生。"

"绝对不是，绝对不是，"巨人很有礼貌地说，"从没见过这么好的手绢。这么漂亮，这么方便。啊——真不知道怎么形容。"

"他是一个多么好的巨人啊！"露西对塔姆努斯先生说。

"是啊。"半羊人回答，"所有的布芬家的巨人都是这

样。他们是纳尼亚所有巨人家族中最受尊敬的一支。也许不太聪明（我从没见过聪明的巨人），但家世古老。你知道的，很有传统。如果他不是这种性格，女巫也不可能把他变成石头。"

这时，阿斯兰拍拍爪子，示意大家安静。

"今天的工作还没有结束，"他说，"要想在晚上睡觉前彻底打败女巫，我们必须立刻找到战场。"

"并参加战斗，我希望，陛下！"最大的那个马人接着说道。

"那是不用说的。"阿斯兰说，"现在听着！那些跟不上的——比如孩子、矮人和小动物——必须骑在那些速度快的背上——比如我们狮子、马人、独角兽、马、巨人和老鹰。鼻子灵的必须跟我们狮子一起走在前面，嗅出战场的具体位置。打起精神来，调整好队形。"

在一片忙乱和欢呼声中，他们听从了阿斯兰的命令。最开心的就是另外那头狮子了，它不停地跑到这里那里，假装忙得不亦乐乎，实际上是为了逢人便说，"你听见他说的话了吗？'我们狮子'。指的就是他和我呀。我们狮子。我就喜欢阿斯兰这点。没偏见,没架子。我们狮子,指的就是他和我。"它一直念叨着这些话,直到阿斯兰在它背上放了三个矮人、一个林神、两只野兔和一只刺猬,它才不那么到处乱跑了。

一切准备就绪(实际上帮助阿斯兰给大家分类排队的,主要是一只大牧羊犬),他们穿过城堡墙上的那个豁口出发了。起初,狮子和狗在各个方向靠鼻子探路。一只体格魁梧的大猎狗突然闻到了气味,发出吠叫。在那之后就没有浪费时间。所有的狗、狮子、狼和别的追猎动物都鼻子贴着地面,全速飞奔,其他动物跟在它们后面半英里左右,以最快的速度追赶。喧声震天,就像一场英国式的猎狐盛事,只是更加精彩,因为猎狗的欢叫声中经常混杂着另一头狮子的吼叫,有时甚至还有阿斯兰的更加深沉、更加威风凛凛的咆哮。地上的踪迹越来越容易追寻,队伍便越走越快。后来,就在他们来到蜿蜒狭窄的山谷里的最后一个拐弯处时,露西听见在这些喧闹声中还有一个声音——一个不同的声音,使她感到心中不寒而栗。那是叫嚷声和金属碰撞的铿锵声。

出了狭窄的山谷，露西便立刻看到了声音的来源。彼得、埃德蒙和阿斯兰大军中的其他所有成员，都在跟她昨天夜里看到的那群可怕的动物浴血奋战。在此刻的光天化日之下，那些动物看上去更怪异、更邪恶、更丑陋了。而且似乎数量也增加了不少。彼得的队伍——背对着露西，显得那么势单力薄。战场上到处可见一座座雕像，看来女巫一直在使用她的魔杖。但现在好像不用魔杖了，而是挥舞着她的石刀砍杀。她正在对付彼得——两个人都拼死相搏，露西简直看不清战况如何。她只看见石刀和彼得的宝剑急速地闪动，看上去竟像是三把石刀和三枚宝剑在拼杀。他们这一对处于战场的中心。队伍从两边延伸出去。露西不管向哪里看，场面都很可怕。

"从我背上下去，孩子们。"阿斯兰喊道。她们俩手忙脚乱地滑下来。魁梧的雄狮发出一声惊天动地的怒吼，震动了从西边路灯到东边大海的整个纳尼亚，同时他一跃而起，朝白女巫扑去。刹那间，露西看见白女巫抬头看着狮子，脸上一副恐惧和惊愕的表情。接着狮子和女

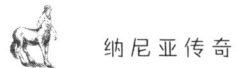

巫就滚作一团，女巫被压在下面。与此同时，阿斯兰从女巫宫殿里领出来的那些好战的动物全都发狂般地冲向敌方阵营，矮人举着战斧，狗露出牙齿，巨人挥舞大棒（他脚下还踩死了几十个敌人），独角兽带着它们的犄角，马人带着它们的宝剑和马蹄。已经疲倦的彼得大军热烈欢呼，新来的战士们发出阵阵咆哮，敌人尖声怪叫，胡言乱语，整个树林都回荡着这次进攻的喧嚣。

第17章 追猎白鹿

他们到来的短短几分钟后,战斗就结束了。敌人大都在阿斯兰和他战友的第一次进攻中丧命,那些还活着的看见女巫死了,便投降的投降,逃跑的逃跑。接着露西看见彼得和阿斯兰在握手。她觉得彼得现在的样子怪怪的——脸色那么苍白、坚毅,似乎一下子成熟了许多。

"这都是埃德蒙的功劳,阿斯兰。"彼得说,"如果没有他,我们早就被打败了。女巫当时左右开弓,把我们的战士变成石头。可是什么也挡不住埃德蒙。他从三个食人魔中间杀出一条血路,冲向女巫,女巫正在把您的一只豹子变成石像。埃德蒙冲到她跟前,机智地用宝剑砍向她的魔杖,而不是像其他人那样直接去进攻她本人，到头来自己被变成一座石像。那是许多人犯的一个共同错误。女巫的魔杖被打断后，我们就有取胜的机会了——可惜已经失去了那么多兵力。埃德蒙伤得很重。我们必须去看看他。"

他们在离战场不远的地方找到了埃德蒙，河狸太太正在照料他。他满身血迹，张着嘴，脸色惨白发青。

"快，露西。"阿斯兰说。

露西这才几乎是第一次想起她得到的一件圣诞礼物——那瓶宝贵的强身剂。她双手抖得那么厉害，简直没法把瓶盖打开，最后好不容易打开了，往哥哥嘴里倒了几滴。

"还有其他受伤的人。"阿斯兰说。露西还在眼巴巴地看着埃德蒙苍白的脸，想知道强身剂是否有效。

"是的，我知道，"露西不耐烦地说，"再等一分钟。"

"夏娃之女，"阿斯兰用比较严厉的声音说，"别人也在生死关头。难道要让更多的人因埃德蒙而死吗？"

"对不起，阿斯兰。"露西说着，站起身和他一起走了。接下来的半个小时里他们忙得团团转——露西治

疗伤员，阿斯兰把那些变成石像的人恢复原样。最后，当露西终于脱出身来，回到埃德蒙身边时，发现他已站了起来，不仅伤口愈合，气色看上去也好多了。她已经——哦，好长时间——没有看到他这么精神了。实际上，自从他开始在那个可怕的学校上学之后，就变得不对劲了。此刻他又恢复了真实的自我，能大大方方地跟你对视了。在这片战场上，阿斯兰把他打造成了一名骑士。

"他知道阿斯兰为他做的牺牲吗？"露西小声对苏珊说，"他知道女巫的安排究竟是什么吗？"

"嘘！不知道，当然不知道。"苏珊说。

"不应该告诉他吗？"露西说。

"哦，当然不能。"苏珊说，"他会受不了的。设想一下，如果你是他，会是什么感觉呢？"

"我认为还是应该让他知道。"露西说。但就在这时，她们的谈话被打断了。

那天夜里，他们就在原地露宿。我不知道阿斯兰是怎么给这么多人提供食物的。反正，八点钟左右，他们都发现自己坐在草地上,喝着清香的傍晚茶。第二天便顺着大河岸边往东行进。又过了一天,约莫在吃茶点的时候,他们就走到了河口。小山丘上的凯尔帕拉维尔城堡高高耸立在他们上方。面前是一片沙滩,点缀着礁石、小小的咸水坑和海草,空气里有一股海腥味,延绵无数英里的青绿色海浪永不知疲倦地拍打着海岸。还有,哦,海鸥的叫声!你听见了吗?你还记得吗?

傍晚时吃过茶点,四个孩子都来到下面的海滩上,脱去鞋袜,享受沙子钻进脚趾缝的感觉。可是第二天就比较严肃了。在凯尔帕拉维尔城堡的大厅里——气派恢宏的大厅,象牙的屋顶,西墙上挂着孔雀羽毛,东门朝向大海。阿斯兰当着所有朋友的面,在喇叭声中,庄严地给他们戴上王冠,领他们登上了那四个宝座。周围的喊叫声震耳欲聋:"彼得国王万岁! 苏珊女王万岁! 埃德蒙国王万岁! 露西女王万岁!"

"一旦成为纳尼亚的国王或女王,就永远都是国王和女王。珍惜这一荣耀,亚当之子!珍惜这一荣耀,夏娃之女!"阿斯兰说。

透过敞开的东门,传来了人鱼们的声音,他们游到岸边,用歌声向他们的新国王和新女王表示敬意。

于是,孩子们坐在他们的宝座上,权杖拿在手里,向他们所有的朋友,向半羊人塔姆努斯,向河狸夫妇和巨人伦波布芬,向豹子,向好马人和好矮人,还向那头狮子颁发奖赏,授予荣誉。那天晚上,凯尔帕拉维尔城堡举办盛大的宴会,大家尽情狂欢、跳舞,金光闪耀,红酒流淌,而更奇异、更甜美、更打动人心的,是人鱼们回应城堡内部音乐时的美妙歌声。

然而,就在这普天同庆的时候,阿斯兰却自己悄悄溜走了。国王和女王发现他不在时,并没有说什么。因为河狸先生提醒过他们:"他总是来来去去。"河狸先生说,"今天你看见他,明天就看不见了。他不喜欢被束缚,而且,当然啦,还有其他国度需要他去照料。没有关系。他会经常过来的。只是千万别逼他。要知道他性子狂野。跟被驯服的狮子不一样。"

现在,你也看见了,这个故事已经接近尾声(但还没有结束)。两对国王和女王把纳尼亚治理得井井有条,整个国度稳定而安康。起初，他们把大部分时间都用于搜查和歼灭白女巫手下的残兵败将，在很长时间里，都有消息说树林的蛮荒部分潜伏着一些恶势力——这里抓到一批，那里杀了几个，这个月瞥见一个狼人，下个月又传说出现了女妖。到了最后，所有的邪恶势力都被铲除了。于是他们制定了严格的法律，维持和平，保护好的树林不被滥砍滥伐，解放年幼的矮人和小萨梯，不让他们被送去上学，并全面阻止爱管闲事、喜欢干涉别人的家伙，鼓励普通人过自己想要的生活。他们把那些冒险越过边界的凶蛮巨人（跟巨人伦波布芬完全不是一类）驱赶到纳尼亚的北部。他们还跟大海那边的国家建立友谊和联盟，对他们进行正式拜访，并接受他们的访问。岁月流逝，他们自己也在成长和变化。彼得成为一个身材高大、胸肌发达的男子汉和了不起的勇士，被称作威武的彼得国王。苏珊成为一个体态修长、气质优雅的女人，一头长长的黑发差不多垂到脚部，大海那边许多国家的国王都开始派使臣来向她求婚。她被称作仁慈的苏珊女王。埃德蒙长大后比彼得更加严肃和沉静，在议会

和审判方面能力超群，被称作正义的埃德蒙国王。至于露西，她总是那么快快乐乐，满头金发，那些地方的所有君王都希望她成为自己的王后，她的子民则称她为勇敢的露西女王。

他们就这样非常愉快地生活着，即使偶尔想起在另一个世界的生活，也仿佛只是记忆中的一场梦。后来有一年，塔姆努斯（此时已是一个中年半羊人，开始发福了）顺着河边走来，向他们报告说白鹿又在自己的地盘出现了——如果你抓住这只白鹿，他就能满足你的愿望。于是两位国王、两位女王和朝廷的高官大臣们一起，带着号角和猎狗，到西部树林里去追捕白鹿。他们搜寻了没多久就看见了他。他以矫健的步伐，领着他们翻山越岭，在茂密或稀疏的树丛中穿行。最后，所有朝臣的马都累趴下了，但四位君王仍然穷追不舍。他们看见白鹿跑进了一片密密的丛林，马匹无法再跟进去。于是彼得国王（他们当上国王和女王这么长时间，说话的风格已经大不一样）说道："亲密的伙伴，让我们翻身下马，进入密林追逐这只野兽。我这辈子从未追捕过比他更高贵的猎物。"

"遵命，陛下。"其他人说。

他们下了坐骑，把马拴在树上，徒步走进密林。刚一进去，苏珊女王便说：

"亲密的朋友，眼前出现了壮观的奇迹，我似乎看到了一棵铁树。"

"女王陛下，"埃德蒙国王说，"如果你仔细观瞧，会发现这是一根铁柱，顶上放着一盏灯。"

"我向狮子的鬃毛发誓，这是一个奇怪的装置，"彼得国王说，"竟然把一盏灯安放在此处，周围的树木这么浓密和高大，即使把灯点亮，也不会给任何人照亮！"

"陛下，"露西女王说，"当这个灯柱和这盏灯竖在这里时，很可能周围的树木还很矮小、稀少，或根本没有树木。因为这是一片年轻的树林，而这根铁柱已经很有年头了。"他们站在那里仔细端详。埃德蒙国王说话了：

"我不知道是怎么回事，柱子上的这盏灯给我一种奇怪的感觉。我隐约记得以前看见过它。似乎是在梦里，或者是在梦里的梦里。"

"陛下，"他们都附和道，"我们也有这样的感觉。"

"而且，"露西女王说，"我不由自主地认为，如果我们经过这个灯柱，要么会遭遇新的奇遇，要么我们的命运会发生巨大的改变。"

"女王陛下，"埃德蒙国王说，"我内心也有这样的预感。"

"我也一样，亲爱的兄弟。"彼得国王说。

"我也一样。"苏珊女王说，"因此依我所见，我们应该悄悄回去骑上马，不要再追逐这只白鹿了。"

"女王陛下，"彼得国王说，"请恕我冒昧。自从我们成为纳尼亚的国王和女王以来，不论处理什么复杂情况，如作战、探险、武装操练、正义行动，等等，从未半途而废。凡是我们着手尝试的，都能有所成就。"

"姐姐，"露西女王说，"王兄言之有理。我认为，如果因为恐惧或预感而掉头返回，不再继续追逐一头这么高贵的野兽，我们应该感到羞愧。"

"完全同意。"埃德蒙说，"我非常渴望弄清这件东西的意义，即使给我纳尼亚和所有那些岛屿最珍贵的珠宝，我也绝不愿意返回。"

"那么，以阿斯兰的名义，"苏珊女王说，"如果你们都这么认为，我们就继续前进，迎接即将到来的冒险吧。"

于是，国王和女王进入了密密的丛林。刚走了十几步，就都想起了他们看到的那个东西叫路灯。又走了不到二十步，他们发现自己不是走在树丛中，而是在毛皮大衣间穿行。接着，他们同时从一个衣柜的门里跌出来，落进了那个空荡荡的房间，不再是穿着狩猎服装的国王和女王，而是又成了穿旧衣服的彼得、苏珊、埃德蒙和露西。日子还是他们躲进衣柜的那个日子，时间也还是那个时间。马克里蒂太太仍然在走廊里跟游客们说

话。幸运的是，那些人并没有走进这间空屋子，所以孩子们没被抓住。

要不是他们觉得必须向教授解释衣柜里为何少了四件大衣，这个故事就应该结束了。教授是一个非常了不起的人，他没有批评他们说傻话或胡编乱造，而是相信了整个故事。

"不，"他说，"我认为最好不要从衣柜门返回去取那些大衣。你们不可能再通过那条路进入纳尼亚了。那些大衣即使拿回来也没有多大用处！什么？你们说什么？是的，将来有一天你们当然还会回到纳尼亚。一朝成为纳尼亚之王，就永远是纳尼亚之王。但千万不要两次使用同样的路径。说实在的，绝对不要再尝试到那里去了。事情会在你们不经意的时候发生。即使你们几个单独在一起的时候也不要多谈这段经历。千万不要向任何人提及，除非发现他们自己也有过同样的奇遇。你们说什么？你们怎么能知道？哦，肯定会知道的。他们说起话来与众不同——模样也很奇怪——因此泄露了秘密。睁大你们的眼睛吧。天哪，这些学校到底在教你们什么呢?"

衣柜历险记就这样结束了。但如果教授的话是对的,那么,这只是纳尼亚奇遇的开始。

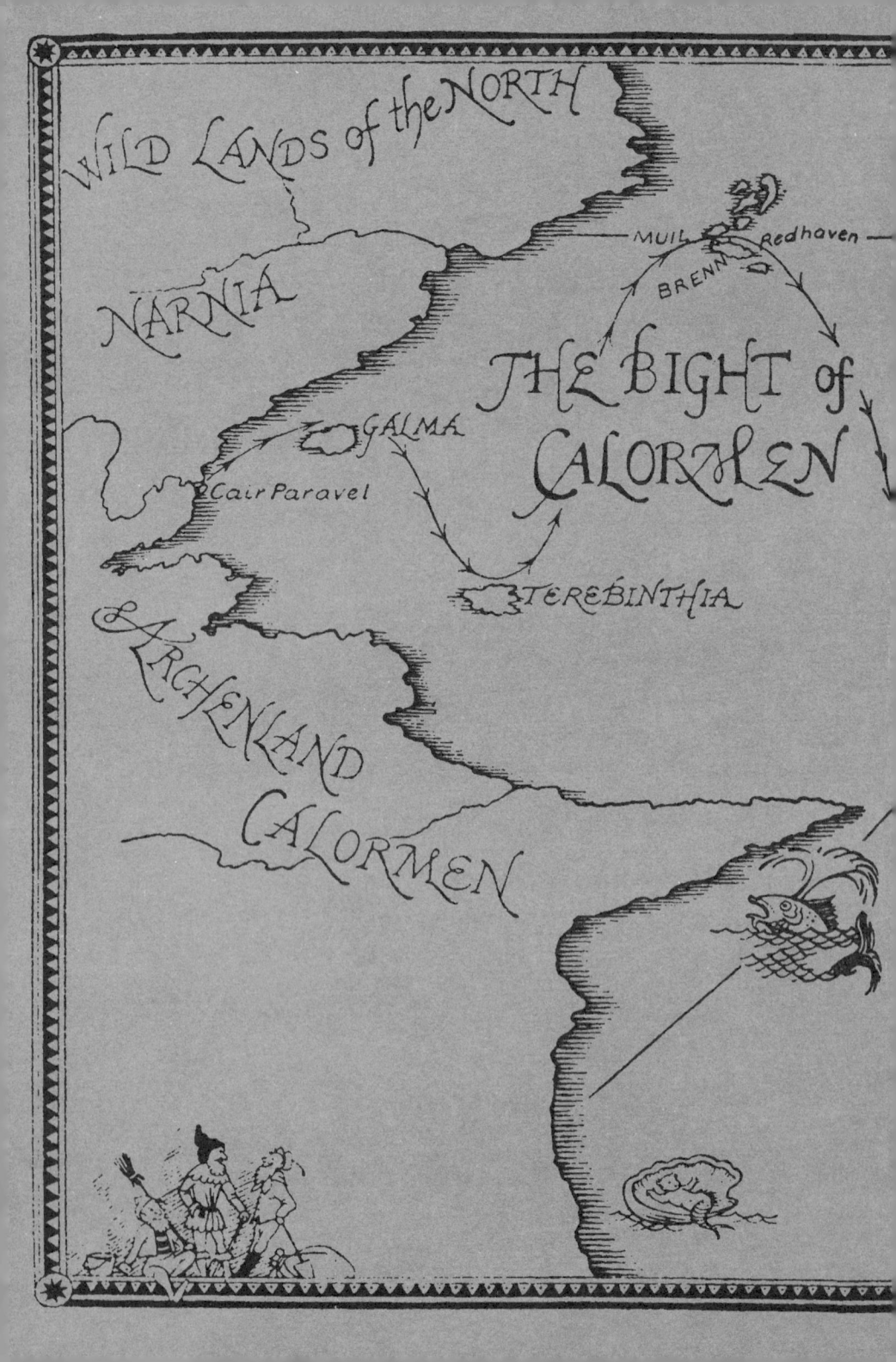

WILD LANDS of the NORTH

NARNIA

MUIL — Redhaven
BRENN

THE BIGHT of CALORMEN

GALMA

Cair Paravel

TEREBINTHIA

ARCHENLAND

CALORMEN